집을 샀어 강남에

최하나 장편소설

최하나 장편소설

MONGSIL BOOKS

차 례

강남에
집을 샀어

Chapter 1. 강남에 집을 샀어

"야 이거 봤어? 추천에 떴는데 이 새끼 완전 또라이야."

"뭔데?"

영훈은 유튜브 인기 동영상 목록에 뜬 클립 하나를 재생해 병준에게 보여줬다.

'내가 이 구역의 또라이다! 지하철을 발칵 뒤집어 놓은 정신병자 등장이요.'

자극적인 섬네일에 이끌려 병준이 클릭하자 평온하기 그지없는 지하철 객차 내 풍경만이 펼쳐졌다.

"야, 이거 뭐야. 낚시네. 아무것도 없잖아."

"아니야. 진짜 재밌는 건 23초 지나서 나와. 좀만 참아. 스킵하지 말고."

낮으로 추정되는 지하철 안. 사람들이 쪼르르 앉아있고 이내 영상은 한 남자에 포커스를 맞추기 시작한다. 분홍색의 시트가 깔린 좌석. 요즘 들어 생긴 '임산부 배려석'으로 티가 나지 않는 초기 임산부를 위한 자리라고 했다. 그런데 거기에 어떤 건장한 청년이 떡하니 앉아 팔짱을 낀 채로 노래를 들으며 고개를 까닥거리고 있다. 잠시 뒤 멈춰 선 역에서 핑크 배지를 단 여성과 남편으로 추정되는 남성이 타고 그 자리 앞에 선다. 한참 동안 남자를 물끄러미 바라보는 둘.

"흠흠."

헛기침해도 소용없다. 헤드폰 밖으로까지 흘러나오는 흥겨운 음악이 객차를 가득 채울 무렵 여자가 참다못해 눈치를 준다.

"저기요. 저기. 아저씨~."

노래에 집중하느라 듣지 못하는 남자.

"저기요? 저기요. 여기요."

남자가 기대고 있는 좌석 팔걸이를 툭툭 치는 여자.

"네?"

그제야 헤드폰을 벗고 빤히 여자를 쳐다본다.

"저기 모르세요? 여기요."

그녀가 가리킨 곳에는 안내 문구가 하나 붙어있다.

'이 자리는 티가 나지 않는 초기 임산부를 위한 좌석이니

비워두시기를 바랍니다.'

"그래서 뭐요?"

여자는 코웃음을 치며 옆에 있던 남편의 옆구리를 쿡쿡 찌른다.

"저 죄송한데 여기 임산부 자리예요."

"그게 뭐요? 어쩌라고요?"

"안 보이세요?"

그제야 여자가 핑크 배지를 손가락으로 가리켜 보인다.

"양보해주셔야 할 것 같은데요. 와이프가 임신 초기라서요."

"뭐래."

남자는 다시 헤드폰을 끼고 음악 삼매경에 빠져든다.

얼굴이 새빨개진 여자는 남편의 팔을 낚아채고 발걸음을 옮기려 하지만 남편은 이를 뿌리치고 거칠게 남자의 헤드폰을 벗긴다.

"저기요. 개! 념! 좀 차리세요."

그와 함께 술렁이는 객차 안. 모든 사람의 시선이 남자에게 쏠린다.

"아 이 새끼."

오히려 씩 웃으며 일어서는 남자. 씩씩대는 여자의 남편.

"아니 멀쩡한 허우대 가지고 임산부 좌석에 앉아서 그럼 되냐고? 알아듣게 말을 했으면 비키든지 해야지."

"야 이 새끼야. 내가 알 게 뭐야. 엉?"

여전히 안면에 미소를 머금은 남자는 목소리를 높여 여유 있고 당당한 자세로 여자의 남편 얼굴을 똑바로 바라보며 말을 이어간다.

"내 참. 별."

"가자 자기야. 냅둬. 가자."

"놔둬 봐. 이거 상식이 없는 놈이구먼."

"나 참. 아 이 새끼. 애새끼 하나 배었다고 유세 떠네. 야 이 새끼야. 내가 누군지 알아? 누군지 아냐고!"

점점 높아지는 언성. 일촉즉발의 사태.

"내가 강남에 집을 샀다고. 내가! 내가 강남에 집을 산 사람이라고. 알아? 아냐고?"

소리를 고래고래 질러가며 남자의 배를 콕콕 손가락으로 찌른다.

"여보 빨리 가자. 말이 안 통하는 사람이잖아."

간청하듯 여자는 남편의 소매를 점점 더 세게 잡아끈다.

"아니 뭐 이런 몰상식한 인간이 있어. 이걸 그냥 냅두면 되냐고…. 나 참…."

그렇게 못 이기는 척 끌려가는 여자의 남편 뒤로 남자는 계속해서 소리친다.

“아이고. 강남에 집 한 채도 없는 것들이 애새끼를 키우긴 뭘 키운다고! 미친것들. 으이고. 내가 강남에 집을 샀다고. 알긴 알아?”

남자는 이제 승리에 도취한 듯한 미소를 실실 흘리며 자리에 서서 고래고래 악을 쓴다. 여자의 남편이 흘끗 돌아 뭐라 하려다가 다시 여자에게 잡히어 질질 옆 칸으로 끌려가고 그 와중에 영상을 찍은 사람으로 보이는 듯한 이가 멈춰 선 정류장에서 내리면서 영상은 끝이 났다.

조회 수 500만 뷰.

“이 새끼 완전 미친놈이네.”

“강남에 집을 샀대. 무슨 구호야?”

영훈과 병준은 실실 웃으며 동영상을 끄고 강의실 안으로 들어갔다.

영상 속 그 남자의 이름은 김건동. 나이 36세로 정말 강남에 집을 가지고 있었다.

취 직

Chapter 2. 국가고시만 10년째

"저기요 아저씨. 웬만하면 방에서 고기는 좀 먹지 맙시다."

얼굴도 모르는 남자가 다가와 건동에게 인상을 쓰며 짜증을 내고 지나갔다. 그는 아무런 대꾸도 하지 못하고 한 손에는 공동주방에서 막 구운 대패삼겹살과 다른 한 손에는 소주 한 병을 들고 문 앞에 섰다.

삼쏘.

이것이야말로 건동이 누리는 유일한 사치였다. 1차 시험이 끝나면 동네 슈퍼 정육코너에서 만 원이 채 안 되는 대패삼겹살 한 봉지와 빨간 라벨의 소주를 사 들고 그간의 스트레스를 털어버리곤 했다. 그런데 그마저도 안 된다니. 그마저도 눈치를 봐야 한다니.

건동은 나지막이 한숨을 내쉬며 팔꿈치로 손잡이를 밀어

돌린 뒤 방으로 들어섰다.

한 평 남짓. 말 그대로였다. 무보증에 월 33만 원인 고시원이 그의 유일한 피난처였다. 원래부터 이곳에 살았던 건 아니었다. 호기롭게 사법고시를 패스하고 법조인으로 거듭나 정치까지 넘보겠다던 십 년 전. 그 시절에는 부모님의 기대를 한 몸에 받고 복층 오피스텔을 얻었다. 나름 분리된 구조에다가 매일 아침 통창으로 들이치는 햇살을 만끽하며 행복했었다.

일 년이 지나도 이 년이 지나도 삼 년이 지나도 합격 소식은 들려오지 않았다. 차라리 1차에서 줄곧 떨어졌다면 손이라도 털고 나오기 쉬웠을 텐데 웬만하면 붙여준다는 3차 면접에서 떨어지고 그다음에는 다시 1차의 문턱조차 넘지 못하자 발을 빼기가 모호한 희망 고문이 되어버렸다.

'그래, 이제 좀 더 승산이 있는 곳에 희망을 걸어보자.'

조금 눈을 낮춰 도전 종목을 바꿔보기로 했다. 마침 로스쿨을 도입해서 사법고시의 존재 자체가 위태로웠던 터라 행정고시 5급을 준비해보기로 한 거다. 다행히 몇몇 과목은 학교 다닐 무렵 복수전공을 해 이미 맛본 터라 그리 어렵지는 않았다. 이번에는 심기일전하는 마음으로 또 부모님의 부담도 덜어드릴 겸 원룸으로 이사도 했다. 코딱지만 한 공간에 침실과 주방 그리고 화장실까지 옹기종기 모여 있었기에 세 가지 냄새가 오묘하게 섞여 그리 쾌적하다고는 볼 수 없는 환경이었지만 살 만은 했다. 블라인드를 걷으면 창으로 햇빛도 제법 들어왔다. 무엇보다 이번에는 잘 풀릴 거라는 생각에 건동은 마음이 한결 가벼웠다. 생각해보면 이때야말로 콧노래를 부르며 자취방과 학원 그리고 독서실을 오갔더랬다.

하지만 일은 여전히 잘 풀리지 않았다. 항상 커트라인에서 아슬아슬하게 1~2점이 모자라 미끄러졌다. 점수가 크게 차이가 났다면 마음을 접기가 쉬웠을 텐데 그렇지 못했다. 이 년 정도가 흘렀을 무렵 건동은 다시 한번 눈을 낮춰보기로 했다.

'그래, 이 정도 했으면 차라리 7급 공무원 시험을 쳐서 빨리 진급하는 게 나아.'

꽤 난이도 있다는 국가고시만을 골라 준비했고 성적도 과히 나쁘지는 않았기에 행정고시 문제집을 내다 버리면서도 발걸음만은 가벼웠다. 이제는 정말 일 년 안에 승부를 볼 수 있을 거라는 생각에 배수진을 치기로 했다. 원룸을 빼고 고시텔을 얻은 거였다. 월세는 별로 차이 나지 않았지만, 보증금을 뺄 수 있어서 이걸 부모님께 보내드리기로 한 거였다.

이미 오 년째 취직은 하지 않고 용돈도 못 드리고 거꾸로 생활비를 받아 쓰는 처지가 아닌가. 당연히 이래야 한다고 생각했다. 그런데 이때쯤 기이한 현상이 벌어지고 있었다. 대학 입학과 동시에 새내기들은 막걸리를 마시고 잔디밭에 누워 수업을 빠지는 대신에 도서관에서 공무원 시험을 준비했다.

계속된 불황, 고용침체.

그들은 학교 간판이 밥벌이를 책임져 준다고 생각하지 않았다. 수능을 갓 본 싱싱한 뇌. 졸업한 것이 이미 까마득한 건동은 그들의 상대가 되지 못했다. 완벽에 완벽을 기해도 마지막 바늘구멍을 뚫지 못했다.

'그래, 천천히 가자.'

막판뒤집기를 하겠다며 7급 공무원 시험과 병행하던 9급 공무원 시험에 집중하기로 했다. 하지만 관성이 생겼는지 이마저도 잘 안 풀렸다. 진짜 이번이 마지막이라고 외치며 몇 번을 더 지역까지 바꿔가며 도전했지만, 아예 합격선 근처도 가지 못했다. 정말 마지막이 될지도 모를 한 해에 들어서면서는 고시텔에서 고시원 그것도 내측방으로 이사를 했다. 햇빛마저 차단하고 오로지 공부에만 매진하리라 외치면서 호기롭게 왔건만 건조하고 어두운 환경 그리고 무엇보다 사생활 보호가 전혀 되지 않는 탓에 잠을 아무리 자도 몸이 무거웠다. 그리고 그건 마음에까지 전염되는 듯했다.

"아들, 잘 되는 겨?"
"어."
"아들, 이번에 내려와?"
"내가 왜 가."
"아니 추석에 쉬나 하고 물어봤어. 얼굴 못 본 지도 오래 돼서."
"안 가."
"혹시 용돈 필요하면 조금 더 부쳐줄 테니까 너무 신경 쓰지 말…."
"됐어. 뚝."
엄마는 아직도 아들 기를 살려줘야 한다고 눈치를 보는데 그게 더 건동을 슬프게 했다. 가느다랗고 벌벌 떨리는 목소리 뒤로 사내놈이 아직 빌빌거리고 있어서 집안 꼴이 웃기게 돌아간다는 아빠의 말이 배경음처럼 들려와 전화통을 붙들고 있는 그 자체가 곤욕이었다.

'진짜 이번엔 그만둔다. 그만둬.'
불을 끄고 누운 밤. 건동은 쉽사리 잠에 빠져들지 못했다. 이번 시험마저 떨어지면 정말 취업해야 하는데. 십 년 동안 국가고시를 준비하느라 사회와는 담을 쌓았는데. 나이는 먹을 대로 먹어 서른 후반을 향해 가는데. 거기에 경력도 없고 기댈 곳도 없는데. 그런 불안과 걱정이 꼬리에 꼬리를 물어 그를 잡아끄는 거였다.

'답이 없어. 답이 없네. 노답이야. 누구 인생인지 참 갑갑하네.'

3자 화법으로 거리를 두어도 갑갑함은 영 가시질 않았다. 삼쏘면 괜찮아질 줄 알았는데 냄새가 빠지질 않았다. 누리끼리하다 못해 얼룩덜룩한 벽지가 보기 싫어 불을 껐는데 그럴수록 고민은 깊어가고 그 와중에 삼겹살의 향기는 더욱더 진해지고 문을 열 수도 없고 닫을 수도 없고 창문도 없는 이 방에 갇혀 침대에 누운 육신이 불쌍해 어떻게든 마음만은 빠져나오고 싶었지만 이렇게 또 갇혔다. 입구는 있지만, 출구는 없는 이 인생.

"저기 학생, 그거 버릴 거야?"

마지막으로 국가고시에 떨어진 날, 건동은 가지고 있던 문제집과 참고서를 가지고 나와 태워버릴 작정이었다. 그렇게라도 해야 마음이 후련해질 것 같았다. 감자탕집에서 얼결에 가지고 나온 것 같은 라이터로 불을 붙이려는데 폐지를 잔뜩 실은 리어카를 끄는 할머니가 그에게 말을 걸었다. 라이터의

불은 켰고 이제 시원하게 잿더미로 만들 일만 남았는데 그 한마디에 주저하게 되는 거였다.

'야, 나같이 불쌍한 놈이 누굴 생각하고 있냐 지금.'

망설이는 순간 불은 꺼지고 다시 한번 손에 힘을 주고 불꽃을 일으키려 하는데 할머니의 그 한마디가 못내 귓가를 떠나지 않았다.

"저기 학생, 그거 버릴 거야?"

그는 결국 라이터를 주머니에 도로 넣은 채 문제집과 참고서를 몽땅 들어 할머니의 리어카에 실어줬다. 고맙다며 고갯짓해 보이는 할머니에게 자신도 모르게 고개를 살짝 숙여 인사를 하다가 흠칫 놀라 바로 섰다.

"야 이렇게 끝이 나냐."

그날 건동은 고시원 짐을 뺐어야 했다. 십 년 국가고시 인생에 종지부를 찍는 날이었어야 했다. 하지만 당장 갈 곳이 없어 열흘을 더 연장하기로 했다.

Chapter 3. 어서 와, 사회생활은 처음이지?

건동은 가만히 모로 누웠다. 모든 게 다 끝났지만, 그의 마음은 정확히 무를 반 자르듯 그렇게 접히지 못했다. 억지로 끝나지 않은 마음을 구기고 구겨서 마음속 깊숙한 곳에 던져 놓았다. 다시는 펴지 않을 생각이었다. 그 후회와 아쉬움이 그의 십 년을 망쳤으니까. 이렇게까지 질질 끌게 만들어 지옥의 입구에 건동을 던져 넣었으니까.

'아 이제 어떡하지. 정말 이생망이다. 진짜 좆됐다.'

그런 생각에 밤새 몸을 뒤척이다가 까무룩 잠이 들었다.

"그래, 오늘부터 새로운 마음가짐으로 다시 시작하는 거야! 이렇게 죽을 수는 없다! 잘해보자!"

낮인지 밤인지 분간이 안 되는 고시원 쪽방에서 몸을 일으켜 억지로 기합을 넣었다.

"쾅쾅쾅."

돌아오면 노란 포스트잇에 거친 말들이 잔뜩 써져 붙어있을 게 뻔했다. 최대한 조용히 여길 빠져나가는 게 답이다. 그렇게 건동은 도서관으로 향했다.

"슥슥."

십 년이나 좁아터진 방구석에서 썩은 그였다. 더는 지체할 시간도 인내도 없었다. 일단은 이 상태를 벗어나는 게 급했다. 잡코리아 검색조건에 주6일, 계약직, 연봉 2천만 원 이하를 입력하고 상시 모집과 즉시 근무에 표시했다. 그러자 눈에 띄는 자리가 하나 있었다.

'명문어학원에서 함께 할 실장님을 찾습니다. 학원의 전반적인 관리를 담당하며 학력과 크게 관계없이 열심히 성실하게 할 남자분이면 좋겠습니다. 월요일부터 금요일까지는 낮 12시부터 저녁 10시까지, 토요일에는 오전 10시부터 오후 3시까지 근무하며 여름휴가가 3일 있습니다. 최소 6개월 이상 함께 하실 분을 구하며 추후 정규직 전환도 가능합니다. 연봉은 세전 2천만 원이며 퇴직금 따로 지급합니다. 가능한 한 빨리 출근하실 수 있는 분을 선호합니다.'

건동은 뭐에 홀린 듯이 지원 버튼을 눌렀다.

그날 오후, 모르는 번호로 전화가 걸려 왔다.

'혹시 거기?'

"여보세요."

"저 김건동 씨 되시죠? 여기는 명문어학원입니다. 지원하신 서류 보고 연락드렸어요."

"아 네. 맞습니다."

"혹시 오늘 면접 보실 수 있으신가요?"

"…오늘이요?"

"전임자가 사정이 생겨서 갑작스레 그만두는 바람에 급해서요."

"아…. 가능은 합니다."

"학원 위치는 아시죠? 혹시라도 못 찾으시겠다 싶으시면 이 번호로 연락해 주시고. 그럼 다섯 시에 뵐게요."

"네, 감사합니다."

딱 두 시간이 남았다. 건동은 옷을 갈아입기 위해 허겁지겁 고시원으로 향했다.

"안녕하세요. 어…떻게 오셨을까요?"

건동이 제일 먼저 문을 열고 마주한 건 회색 유니폼을 입은 여직원이었다. 자르르한 까만 머리가 허리까지 닿았는데 학부모라고 하기에는 젊은 그가 오니 이상하게 여기는 눈치였다.

"아, 오늘 면접이 있어서요."

"네, 잠시만요."

그녀는 전화를 들어 이야기하더니 건동을 사방이 유리로 되어있는 상담실로 데려갔다.

"안녕하세요. 시간 맞춰서 오셨네요. 명문어학원 교수부장 이진실입니다."

"아 네. 김건동입니다."

"이력서 보내주신 건 검토했고요. 저희가 담당하시던 실장님이 아파서 그만두시고 좀 급하게 필요한 상황이에요. 어려운 일은 아니고 저희 원생들 차량 지도랑 원내 전반적인 관리를 좀 맡아주시면 되고요. 상담이나 고객 응대는 직원 두 명이 따로 있는데 자리를 비우거나 바쁠 때는 같이 좀 도와주시면 돼요."

"아…. 네."

"혹시 궁금하신 사항 더 있으세요?"

"전반적인 관리라 하면 어떤 걸 말씀하시는 건지 여쭤봐도 될까요?"

"음…. 저희가 강의실마다 컴퓨터랑 빔이 설치되어 있는데 수업 중에 고장이 나는 경우가 종종 있어요. 그럴 때 좀 도와주시면 되고요. 원내에 기계나 설비가 있는데 어차피 그건 기사님이 오셔서 봐주시니까 정기적으로 고장 여부만 체크해 주시고. 혹시라도 전등이나 그런 게 나가면 교체해주시는 정도? 참, 그 정도는 하시죠? 그리고 혹시 운전도 하실 줄 아시죠?"

"아 네."

"언제부터 출근 가능하세요? 실은 저희가 그게 좀 중요해서요. 갑작스럽게 아파서 그만두신 터라 저희는 빠르면 빠를수록 좋거든요."

"아, 그러면 제가 된 건가요?"

"네. 저는 김건동 씨가 마음에 들어서요. 길게 끌 필요 없이 괜찮으시면 결정하시고 계약서 쓰고 가시죠."

"아…. 네…."

'이렇게 번갯불에 콩 볶아 먹듯이 취업이란 걸 할 수 있는 건가?'

하지만 고시원 만기일이 퍼뜩 생각나 일단 저지르고 보기로 했다.

'일단 급하니까 좀 해보고 아니면 그만두면 되니까.'

"네 일하겠습니다. 내일부터 출근도 가능합니다."

"오…. 그러세요? 그럼 원장님 뵙고 인사 나누시고 가시면 되겠네요. 잘됐네요. 안내해 드릴 테니 따라오세요."

건동은 계약서를 챙길 틈도 없이 그녀의 뒤를 따라 원장실로 향했다.
"원장님."
"들어와."
그렇게 독대하게 된 원장은 나이 마흔 후반으로 추정되는 남자였다. 건동이 들어와도 몸을 일으켜 세우거나 자세를 바꾸지 않고 그대로 그를 위아래로 쭉 훑더니 앉으라는 시늉을 했다.
"그럼 전 상담이 있어서 먼저 가볼게요."
부장이 떠나고 건동은 자리에 앉아 고개를 살짝 숙여 인사를 했다.
"안녕하세요. 김건동입니다."
"어~. 그래. 일하기로 했다고?"
"네."
"그래 잘 해봐. 열심히 하다 보면 다 길이 열리고 그런 거지. 몇 살이지?"
"서른여섯입니다."
"그래…. 뭐 알았어. 잘 부탁해."
"네. 알겠습니다."
여유로운 표정. 첫 만남에 짧은 말투. 니트 조끼 안에 넥타이까지 갖춰 입은 보기 좋은 풍채. 낮고 무거운 음성. 건동은 그대로 앉아 다음 말을 기다렸다.

"왜?"

"네?"

"안 가?"

"아 네. 끝났습니까?"

"가 봐."

"네. 내일 뵙겠습니다."

그는 끝내 자리에서 일어나지 않았고 건동은 일어나 90도로 인사를 하고 원장실을 빠져나왔다. 슬그머니 학원을 나와 엘리베이터 앞에 섰다. 그러자 어디선가 부리나케 부장이 뛰쳐나왔다.

"원장님 뵙고 가는 거죠?"

"네."

"일하시기로 말씀 나눈 거 맞죠?"

"네."

"내일 꼬옥~~~ 뵙는 거예요."

"네. 알겠습니다."

"가세요."

그녀는 문이 열리고 건동이 탈 때까지 엘리베이터를 잡아줬다. 그는 그렇게 일을 구했다. 그래도 꽤 괜찮은 조건이라고 생각했다. 그건 착각이었다. 그 생각이 깨지는 데는 얼마 걸리지 않았다.

Chapter 4. 착취의 끝

'나는 누구, 여긴 어디.'

수많은 조문객 사이에서 상주와 나란히 서서 인사를 하고 있자니 건동은 당최 분간이 가질 않았다. 왜 그가 아무런 일면식도 없는 이들과 함께 상갓집을 3일 내내 지켜야 하는지, 왜 그가 아무런 일면식도 없는 이들에게 고개를 조아리고 있는지, 무엇보다 왜 그가 아무런 일면식도 없는 이들을 내버려 두고 떠나질 못하고 여기에 서 있는지 말이다. 돌아가신 이는 본 적도 없고 상주는 조문하러 온 첫날 처음 봤다. 하지만 어색하고 당황해서 어쩔 줄 모르는 건동과는 다르게 이 사람들은 당연한 듯 낯설게 여기지 않고 어려운 부탁도 심부름도 척척 시켰다.

"저분 청주에서 올라왔거든? 가서 술 한 잔 따라드리고 찬

부족한 거 없는지 좀 봐 드려."

"아 네."

"저기 아줌마가 사람 없을 때 냉장고에서 음료수 빼먹는 거 같은데 좀 가서 지키고 있어. 양심도 없는 것들이야 정말. 사람 죽은 상갓집이 잔칫집인 줄 아나."

"아 네."

"지금 교수님이 부산에서 바로 오셔서 근처 모텔에 방을 잡아놓으셨다고 하니까 거기까지 좀 모셔다드려. 운전할 줄 알지?"

"아 네."

"친지들 가는데 배웅하러 잠깐 가봐야 해서 비워두기는 좀 그러니까 여기 자리 좀 지켜."

"아 네."

눈 뜨고 코 베이는 기분이기는 한데 어쩔 도리가 없었다. 건동을 이 낯선 곳에 꽂은 건 바로 원장, 아니 원장 놈, 아니 원장 새끼였으니까. 그랬다. 명문어학원은 한낱 구멍가게 수준으로 운영되는 게 아니었다. 나름 법인이 소유한 하나의 사업장이었다. 문어발식으로 사세를 넓혀가며 직원들의 자녀들도 다니고 폼도 좀 나면서 차세대 인재도 키워야 하지 않겠냐는 게 이사장의 뜻이었단다. 거기에 이사들도 찬성했고, 말이지. 그래서 학원은 엄연히 따지고 보면 원장의 것이 아니었다. 흔히 말하는 바지사장인 꼴이었다. 그도 이 사업장을 관리하고 월급을 받아 간다고 했다. 그래서 학원에 머무는 시간보다는 본사에 머무는 시간이 더 길었다.

그가 하는 가장 큰 일은 바로 매출을 유지하면서 이사들의 똥꼬를 쪽쪽 빠는 것이었다. 원래 둘 다 잘하기 쉽지 않다는데 그 어려운 걸 원장, 아니 원장 놈이, 아니 원장 새끼가 잘 해낸 탓에 평사원에서 이렇게 고속 승진을 하게 된 것이라고 했다. 그리고 여기는 이사장의 아버님 장례식장이었다.

"이놈이 아주 제 오른팔 같은 놈이에요. 여기도 자청해서 같이 오겠다고 그러는데 당연히 데리고 와서 인사도 드리고. 저는 출장으로 자리를 비우니까 이 자식이 저 대신 내내 지킬 겁니다. 미래의 일꾼이니 같이 이런 슬픔도 나누고 해야 하는 게 당연한 도리죠. 한 잔 올릴까요? 이건 약주예요. 이것도 같이 한 입 드셔야지. 쭉~! 아이코, 역시 우리 이사장님이셔."

보면서도 그 스킬에 혀를 내두를 때가 있었다. 아마 잘 모르는 사람이라면, 같이 엮일 필요가 없는 사람이라면 사회성이 좋다고 하면서 속 좋게 넘겼을지도 모른다. 하지만 이건 건동의 일이다. 여기서 3일 내내 상갓집을 지킨다는 놈은 바로 그를 두고 하는 말이었다. 아무런 사전 협의도 없이. 당황스러웠다. 그보다도 건동이 그걸 절대 거절할 리가 없다고 던지는 말에 기가 막혔다.

'아, 이 새끼는 나를 호구로 보는 건가…. 야 이 썅썅바 같은 놈이.'

안 된다고 못 한다고 말은 못 하고 그 말에 핏발이 선 눈으로 원장을 빤히 쳐다봤다.

'여길 봐. 나를 한번 쳐다봐. 나 지금 피곤해 보인다고 말해 봐. 너 땜에 이미 퇴근했을 시간에 장례식까지 왔잖아.'

그 눈빛을 능구렁이 같은 원장은 좀 받아주는가 싶더니 애정이 어린 손길을 가장해 얼굴을 쓱 밀어버림으로 끝내 내쳐버렸다. 그리고 그렇게 옷도 갈아입지 못하고 연장근로는 시작되었다. 같이 줄 서서 인사를 드리고 음식을 내어가는데 아무도 의문을 품지 아니했다. 그렇겠지. 남의 자식을 이렇게 써먹는다고 하면 말이 안 될 테니까. 떡진 머리로 겨드랑이가 누렇게 된 셔츠를 입은 채로 일하는 건동은 함께 슬퍼하는 일가친척쯤으로 보였을 거다.

"그래, 큰일 했네. 가 봐."

마지막 날 돌아서는 그의 등을 두드리는, 그의 이름을 간신히 외운 이사는 여비도 주지 않고 맨손으로 돌려보냈다. 한 몇백 미터쯤 갔을까. 건동은 뒤를 돌아보며 그를 눈여겨보는 사람이 없음을, 남아있는 사람이 없음을 알고는 소리를 지르기 시작했다.

“정말 주옥같다 야. 씨발 조옷 같다고. 진짜 가족 같네. 씨이바아아아아아아아아아아알~~.”

건동의 마음은 누구도 알 수 없을 거다. 국가고시를 패스해서 사회인이 되면 보무도 당당하게 외제 차에 슈트 하나 빼입고 30평대 아파트에 처자식과 오순도순 살 줄 알았는데 겪어보니 국가고시 패스해서 사회인이 되어도 결국 상사의 개노릇이나 하고 앉았을 거라는 생각에 분노가 치밀었다.

“세상이 나를 속였어. 멋진 커리어? 비즈니스맨? 웃기시네. 아유, 내가 아주 태어나질 말았어야 했어. 왜 태어났니? 나 진짜.”

건동은 가는 내내 시외버스 차창에 머리를 찧으며 분노를 삭이고 또 삭였다. 생각해보니 자신이 너무 바보 같다는 생각도 들었다.

“거기서 왜 거절을 못 해? 어? 일이 있다고 사정이 있다고 왜 말을 못 해? 호구냐? 호구야?”

못내 분을 못 이겨 고시원 출입구의 비밀번호도 누르지 못하고 서서 혼잣말하고 있으니 실장이 쓰레기를 버리러 나왔다가 그 모습을 가만히 지켜보더니 고개를 절레절레하고 들어가 버렸다. 그렇게 건동은 한참 뒤 방으로 들어와 쓰러지듯 몸을 누였다. 너무나 피곤한데 잠이 오질 않았다. 그는 자신이 호구 짓을 하는 이유를 꼭 알아야겠다고 생각했다.

'칠 개월을 다녔어.'

'오 개월만 더 다니면 퇴직금이 나오지.'

'퇴직금이 나오면 그걸 보증금에 보탤 수 있어.'

'그러면 이 지겨운 고시원도 빠이빠이 하고 원룸으로 이사하는 거야.'

'그리고 거기서 제대로 된 일자리를 잡아 내 밥벌이하며 사는 거지.'

그제야 머릿속이 말끔해지는 것 같았다. 대의를 위해 소의를 희생하는 것. 화가 난다고 직장을 때려치우는 것이야말로 어른답지 못한 것. 더럽고, 치사해도 버티는 놈이 이기는 것. 그걸 다 해내고 있다는 생각에 스스로 행동이 막 납득이 가면서 자랑스럽기까지 했다. 그러자 건동은 푹 잘 수 있었다.

"쿵쿵쿵."

"쾅쾅쾅."

"저기요, 매너 좀요."

의식 저 건너편에서 아련하게 들려오는 소리. 그의 의식이 점차 또렷해지자 꿈이 아니라는 생각이 들었다.

"똑똑똑. 저 실장인데요. 이제 좀 일어나셔서 제발 좀 매너 모드로 해주세요.”

문을 열 필요도 없다. 다 들리는데 무슨. 건동은 일어나 손을 뻗어 휴대폰을 주섬주섬 찾기 시작했다.

‘몇 신데?’

‘12:30’

며칠 밤을 새운 것 치고는 괜찮다 싶었다. 하지만 배경 화면의 요일을 확인한 순간 건동은 깜짝 놀랐다. 상갓집 조문하러 갔다가 온 게 목요일. 그런데 오늘은 토요일이란다.

“뭐?”

깜짝 놀라 부재중 전화와 메시지를 확인해봤다. 33이라는 불길한 부재중 전화 숫자와 5건의 메시지 그리고 한 통의 음성.

‘실장님, 왜 연락이 안 되나요? 애들 하원 지도해 주셔야죠.’

‘실장님, 데스크 직원들도 부족해요. 좀 나와 주세요.’

‘이런 식으로 하시면 어떡합니까?’

‘무단결근은 프로답지 못한 것 같아요.’

‘전화 주세요.’

“아이, 썅! 내가 뭐 자고 싶어서 잤냐고요!!!”

일단 일어나 씻고 옷을 갈아입고는 고시원을 빠져나왔다. 잠을 내리 하루가 넘게 잤는데도 온몸이 두들겨 맞은 듯 아

팠다. 너무 많이 자서 그런 건지 머리도 띵했다.

그때 일정 팝업이 떴다.

'학원 오픈 하우스 날.'

"아아아아아아아아아아아!!!악!!!"

신을 믿지 않는 건동이었지만 누구든 찾고 싶었다. 학원생들이 손꼽아 기다리는 연중행사. 하지만 직원들에게는 지옥 체험을 선사하는 지옥의 날. 일 년에 한 번 복도와 강의실 전체를 꾸며 오픈 하우스를 진행하는데 직원들은 분장하고 코스튬을 입고 각 코너를 맡아 종일 놀아줘야 한다.

누구라고 할 것 없이 제일 싫어하는 건 물풍선 던지기인데 제비뽑기로 당첨이 되면 아이들의 물 폭탄을 행사가 끝날 때까지 맞아줘야 한다.

그게 아니라도 만만한 게 하나 없다. 푸드 코너를 맡으면 줄이 끊이질 않는다. 기름 솥에다가 수많은 닭꼬치와 닭강정을 튀겨야 한다.

그나마 꿀을 빤다는 학부모 라운지를 맡아도 몸만 편할 뿐 각종 진상을 최전선에서 맞이하며 정신노동에 시달린다. 얼마나 비위 맞추기가 까다로운지 이때만큼은 원장도 학을 뗄 정도다. 일 년에 단 한 번 있는 행사인데 입사 7개월 차인 건동이 이렇게 세세하게 아는 까닭은 하필이면 일정이 변경되어 일 년이 채 되지도 않아 두 번을 겪게 된 탓이었다.

"왜 이렇게 연락이 안 됐어요? 자초지종은 나중에 듣고 빨리 와서 거들어 줘요."

학원 입구에 들어서자마자 앞에서 풍선을 나눠주던 교수부장이 버럭 화를 냈다. 건동은 원장에게 들었겠거니 했는데 그것도 아닌 것 같다. 들어가니 데스크에는 사람이 없다. 다들 흩어져서 맡은 바 임무를 다하고 있을 테니까. 겉옷을 벗고 앞치마를 둘렀다. 지난번에는 아무것도 모른 채 제일 아끼는 니트를 입었다가 기름이 튀어 옷을 버리고 말았다. 그래서 모양은 좀 빠져도 앞치마를 입기로 했다.

"실장님 어디 가셨어요! 저희 어제 덤터기 썼잖아요. 학부모들 전화 오지 애들 하원 시켜야 하지. 앉을 새도 없었어요."

"밥도 못 먹었다고요. 진짜 집에 가서 토하는 줄 알았어요."

그렇게 말은 하지만 왠지 눈치는 챈 듯싶었다. 원장의 몸종이자 사노비이자 법인의 공노비라는 걸 모르는 사람이 없었으니까.

"실장님, 형광등 나갔어요. 갈아주세요. 빨리요."

"실장님, 갑자기 컴퓨터가 안 돼요. 고쳐주시던지 바꿔주세요. 빨리요."

"실장님, 아까 상담받은 학부모님이 자꾸 딴소리하세요. 받아보세요. 빨리요."

그 와중에 아이들은 그의 바짓가랑이를 잡고는 놀자고 난리였다. 실장이라는 말만 들어도 헛구역질이 날 정도였다.

"사정이 있었어. 내가 오죽했으면…."

"알죠. 알았어요."

"다 아는데 진짜 어제는 헬이었다니까요."

"몰라요. 커피 한 잔 사요."

"그걸로 퉁쳐요."

커피 대접을 받아야 할 사람은 나라고 생각하면서도 더는 입씨름하기가 싫어 건동은 찡그린 채로 고개를 끄덕여 보였다.

Chapter 5. 아임 낫 오케이

"아유 오케이?"

"예예예. 예스. 노노노. 아임 낫!!! 안 괜찮아요. 안 괜찮다고. 안 괜찮습니다!!! 아임 낫 파인 아임 낫 퍽킹 파인!!!"

인사차 건넨 말에 건동이 폭주를 하자 원어민은 흠칫 놀라며 자리를 떴다. 그도 그럴 것이 대답하는 와중에도 그의 손발은 자유롭지 못한 상태였으니까. 구멍이 난 자리에 팔과 얼굴을 집어넣고 이미 수십 명 아이의 물 폭탄 세례로 정신은 혼미해져 가고 젖은 옷을 타고 흘러내리는 물방울이 팬티 속까지 적시고 있었다. 한 바퀴 돌고 나서 어쩔 수 없이 맡게 된 파티의 하이라이트는 바로 이것이었다.

"아하하하 받아라! 슛! 야, 나 맞췄어."

"나도 받아라! 짠!"

"홉. 난 빗나갔네."

그의 기분과는 정반대로 아이들은 물 폭탄 던지기 코너에서 기분의 화룡점정을 찍는 듯했다.

"엄마엄마. 나 이거 해볼래."

"이거 쉽지 않을 텐데."

"할 수 있어. 합! 맞아라! 엄마!!! 나 맞췄어."

"우리 새끼 잘했어. 오구오구."

까치발을 들고 있는 힘껏 물풍선을 던져 맞추는 그 광경을 보면서 부모들은 과녁이 사람이라는 걸 그것도 먹고살기 위해 애쓰는 어른이라는 걸, 아니 존엄한 인간이라는 걸 까먹은 듯했다. 입술을 꽉 깨물어 보지만 건동은 차마 인상조차 쓸 수 없는 처지다. 그의 월급은 어떻게 보면 학부모의 주머니에서 나와 원장 바지춤으로 들어간 뒤 쥐똥만큼 손에 쥐어지는 꼴이었으니까.

그렇게 대롱대롱 매달려 인생의 쓴맛 아니 젖은 맛을 보고 있는 와중에 원어민은 분위기 파악도 하지 못하고 그에게 잘 돼 가냐고 괜찮냐고 말을 건 것이다.

'괜찮겠냐 이 새끼야. 네가 해봐 좀!!!'

상갓집에서 연거푸 밤을 새운데다가 이틀 동안 시체처럼 쓰러진 뒤 나와서 하는 일이 이런 거라니. 건동은 화가 끓어오르다가 냉정한 현실 앞에 포말이 되어 부서지는 모습을 목도하고 있었다.

"저 마무리하시죠. 실장님. 아이들 이제 거의 다 갔어요."

"아 네."

친절하게도 부장이 와 건동에게 퇴근하라고 구원의 손길을 내밀었지만 실은 하나도 고맙지 않았다.

"그리고 월요일에는 꼭 늦지 마시고 빠지지 마시고 나와 주세요. 아셨죠?"

"네…."

건동은 그제야 몸을 빼고 나와 젖은 티셔츠 앞자락을 비틀어 짰다. 이내 바닥이 흥건해졌다. 한숨을 한 번 크게 내쉬고는 그렇게 학원 문을 나섰다. 주말 오후 세 시. 하늘은 한창 파랗고 높고 공기마저 상쾌했다. 이렇게 밝은 날에 이렇게 좋은 날에 파김치가 된 채로 인간 과녁의 임무를 다한 채 고시원으로 돌아가는 길은 그다지 썩 행복하지 않았다.

'사는 게 뭐 이러냐.'

그의 나머지 날들도 뻔할 뻔 자였다. 혼자 밥을 먹고 혼자 스마트폰을 하다가 혼자 잠들고 혼자 일어나 다시 혼자 밥을 먹고 혼자 스마트폰을 하다가 혼자 잠들었다. 정말 그렇게 주말은 갔다.

"실장아, 이리 와봐."

월요일이 또 온 것도 서러운데 새롭게 한 주를 시작하려고 출근해 자리에 앉자마자 들어오던 원장이 그를 호출했다. 평소와 다른 옷차림. 모직 재킷에 광이 나는 구두까지 신었다. 그간의 사이클로 봐서 무슨 일인지 왜 부르는지 짐작이 갔다.

"네."

"오늘 이사회 가야 하니까 요 밑에 차 대기 시켜 놓고 있어. 데스크는 여직원들끼리 볼 거야."

"네, 알겠습니다."

건동은 키를 받아들고 지하 주차장으로 향했다. 지난 7개월간 한결같이 그가 맡아 해 온 또 다른 업무다. 온갖 일을 다 한다더니 그 말은 참말이었다. 이사회에 갈 때 원장은 꼭 그를 시켜 운전하게 했다. 다른 지점 원장들도 모두 참석하는 자리라 직접 운전대를 잡는 게 모양 빠진다는 이유에서였다.

"어. 쭉 가 쭉 가."

팔짱을 끼고 원장은 뒷자리에 몸을 깊숙이 파묻고 눕듯이 앉았다.

"이 차 어때?"

"아 좋은데요. 새로 바꾸셨나 봐요."

"그럼. 이 정도는 타 줘야지."

"좋네요."

"김 원장은 벤츠고 다들 비슷비슷해. 디스커버리는 어디 가서 크게 명함도 못 내밀지."

"디스커버리요?"

"디스커버리 몰라?"

"아, 들어는 봤죠."

"아는 동생이 딜러라서 현찰 주고 그냥 바로 가져왔지. 강남 본사 가는데 이 정도는 타 줘야 또 면이 서지. 그리고 사업하고 또 일하고 그러려면 제대로 된 차는 타 줘야 해. 남자가 체면이라는 게 있지. 실장은 차 없지?"

"아 네. 아직…."

"차 필요하면 말해. 그 딜러 소개해 줄게. 차는 있어야 해. 그래야 어깨가 딱 서 가지고 일도 잘되고 좋은 차가 있어야 일이 잘 풀려. 연애도 하고 또 얼마나 좋아."

어느덧 원장은 콧노래를 부르고 있었다. 한 달에 한 번 이사회가 열린다. 그것도 강남의 한복판에서. 그때만 되면 계열사업체 대표들은 삐까뻔쩍한 차를 끌고 한자리에 모였다. 그러면서 서로의 옷을, 시계를 보며 품평하기 바빴다. 원장의 말은 사실 틀린 건 아니었다. 외제 차가 아니면 명함도 못 내밀 정도로 이사회 날 주차장에는 고급세단들이 줄을 섰다. 그럴 때마다 건동은 자신과는 다른 세계라는 생각이 들면서도 그 모습을 계속 보고 있자니 변변한 차 한 대 없는 자신의 처지가 더 초라하게 느껴졌다.

'집도 없는데 무슨 차?'

회의 시간에 맞춰 원장은 건물 안으로 들어가고 건동은 운전석에 앉아 끝날 때까지 기다려야 했다. 잠시 나가 바깥바람을 쐬고 싶기도 하지만 한번 자리를 비웠다가 있는 욕 없는 욕을 다 들은 후로는 그냥 지하에 남는 쪽을 선택했다.

"야 인마. 내가 너 기다려야 하냐, 네가 나를 기다려야지? 이 새끼 개념이 없어."

"죄송합니다. 잠깐 요 근처에 나갔다가…."

"너 지금 근무지 이탈한 거야. 누구 맘대로? 아이 증말. 오늘 재수 옴 붙는 날이네. 이거 뭐 하나같이 말을 들어 먹지를 않으니. 가 빨리. 여기 재수 없어서 더 있기도 싫으니까."

물론 이유는 알고 있었다. 그가 자리를 비워서가 아니라 이사회에서 매출 때문에 엄청나게 깨져서라는 걸. 그리고 그런 자의 녹을 받아먹는 건동이 화풀이 상대이자 욕받이가 되어야 한다는 것도. 그런 것도 다 월급 안에 포함되어있는 거였다.

'답답하다 답답해. 갑갑하다 갑갑해. 이거 누구 인생이냐?'

건동은 그 자리에 그대로 앉아 오고 가는 차들을 하염없이 바라보며 시간을 죽였다. 그러고 보니 이 주차장에는 그의 부모가 타던 아니 그의 부모의 이웃이 타던 차들은 코빼기도 보이지 않았다. 그 흔하다는 분홍색 마티즈도 하얀색 쏘울도 없다. 다 길고 까만 세단. 그게 아니면 크고 높은 외제 SUV.

'웬만한 차 가지고는 여기 대지도 못하겠네. 나는 안 되겠지? 이런 건 나랑 전혀 관계가 없는 거겠지? 만약에 그때 사법시험 붙었으면 나도 이런 차 몰고 다녔으려나? 아니면 행시라도 붙었으면 호봉 올라가며 타지 않았을까?'

그러면서 동시에 건동은 자신의 모습을 상상해봤다. 잘 다려 각이 잡힌 하얀 셔츠에 맞춤 바지를 입고 광택 나는 구두를 챙겨 신고 외제 차에서 내려 직장으로 향하는 모습을. 그러다 도리질을 쳤다.

'이건 오버다.'

니트 안에 하얀 셔츠를 받쳐 입고 로퍼를 신고 한결 편한 복장에 이번에는 SUV에서 내려 차 키를 눌러 문을 닫는 모습. 그제야 고개를 끄덕였다.

'이 정도는 뭐.'

하지만 그는 현재 실수령액 150만 원 언저리를 받고 개처럼 끌려다니며 온갖 허드렛일을 하는 차 없는 뚜벅이 신세였다. 그걸 더욱더 실감 나게 하는 건 바로 이런 장소에서였다. 이런 날은 집에 돌아가서도 꿈자리마저 뒤숭숭했다.

“야, 가자.”

“넵!”

백미러로 원장의 표정을 살폈다. 어쩐지 입을 다물고 있는데도 씰룩쌜룩하는 것만 같다.

“학원으로 갈까요?”

“아니. 나 잠깐 집에 들르게 너는 학원으로 먼저 가.”

“그럼 차는요?”

“차? 무슨 차? 야 인마 너는 너대로 가야지. 내가 그런 것까지 신경 써줘야 하냐?”

“아 네. 저는 다시 또 금방 들어가시는 줄 알고.”

건동은 버스를 두 번 갈아타고 학원으로 돌아갔다. 가는 길 내내 모래알을 씹는 기분이었다. 자꾸만 깊은 생각에 빠졌다. 도리질을 쳐도 늪으로만 기어들어 가는 건 어쩔 수가 없었다.

‘차…. 차…. 그놈의 차란 말이지….’

‘돈…. 돈…. 그놈의 돈이란 말이지….’

‘명예…. 명예…. 그놈의 명예란 말이지….’

Chapter 6. 10년 동안 제자리

빛이 한 줄도 들어오지 않는 고시원 방에 누워 오늘도 건동은 주말을 적적하게 때우고 있다. 실은 이틀 중 하루는 강제 특근이고 그나마 하루만 온전히 쉴 수 있는 탓에 리모컨으로 텔레비전 채널을 거세게 돌려보지만, 소금보다 더 짠 건물주님이 기본형 케이블을 계약한 탓에 볼만한 프로그램은 거의 없다.

'쉬나 안 쉬나 똑같네. 이렇게 늙어가는 건가. 사회에서 돈 벌면 멋있게 살 줄 알았는데…. 여기나 거기나 다 똑같은 시궁창이네.'

그때였다. 스마트폰에 알림창이 하나 떴다.

'spring 88780님이 메시지를 남겼습니다.'

"spring 88780이 누구야? 어디에다가 뭘 남겼대?"

눌러보니 얼마 전 데스크 여직원들이 알려준 대로 가입한 인스타그램 계정에 누군가 글을 남긴 모양이다.

"야!!! 김건동 너 맞아? 진짜니? 긴가민가하다가 사진 보고 연락한다. 나 인성초등학교 동창. 숙이야 숙이. 진숙이. 6-3 반. 그동안 너 빼고는 다 모였어. 아무리 연락하려고 해도 안 되더라. 휴대폰도 정지되어 있고 카카오톡도 안 쓰는 것 같고 SNS에 찾아봐도 없고. 너랑 친한 상호랑 준수한테도 다 물어봤는데 연락 끊긴게 벌써 꽤 되었다고 해서 포기하고 있었지. 잘 지내냐? 이번에 우리 동창회 하는데 시간 되면 한 번 와. 어디 멀리 이사하거나 그런 건 아니지? 연락해 줘. 11월 30일에 건대 근처에서 보기로 했어."

건동은 메시지를 읽어 내려가는 내내 이상한 표정을 감출 수 없었다. 그가 국시를 시작한 게 벌써 십 년 전. 최선을 다 해보겠노라며 친구들과의 연락을 모두 끊었다. 초등학교부터 대학교까지 알고 지내던 이들로부터 숨듯 시험 속으로 도피했다. 사실 머지않아 짜잔 하고 금의환향할 생각이었다. 하지만 그게 일 년이 되고 삼 년이 되고 십 년이 되자 아예 죽은 듯이 살 수밖에 없었다. 마음이 흔들릴까 봐 휴대폰은 착신 금지해놓고 메신저도 사용하지 않고 SNS는 탈퇴했다. 그들이 건동의 근황을 보고 반가워하는 것도 무리는 아니었다.

"그동안 안줏거리로 내 이야기가 꽤 오르긴 했겠네."

건동도 모르게 피식 웃음이 터졌다. 답장할까 말까 망설여져 계속 썼다 지우기를 반복했다.

'궁금하긴 하네. 그 코흘리개들 잘 있을까?'

상호와 준수한테는 사실 미안하긴 했다. 대학교에 진학하고 나서도 동네에서 자주 만나 어울리는 사이였다. 게다가 셋 다 게임을 좋아해 피시방에서 짜장면 한 그릇 비우며 길드 전을 뛰는 게 낙이었다. 그런데 어느 날 건동이 사라져버린 거다.

'진작 연락해야 했나.'

그러다 그는 이내 고개를 저었다. 고시를 관둔 지 이제 막 7개월이 지났을 뿐이다. 그동안 새 직장과 사회에 적응하느라 여유가 없었다. 아직도 적응했다고 보기 힘들기는 하지만 그래도 조금 짬이 생겼다.

'그래. 슬슬 만나서 회포를 풀 때도 됐어.'

건동은 보내기 버튼을 눌렀다.

'오랜만이다. 맞아, 나 김건동. 사정이 있어서 그동안 소식도 못 전하고 지냈는데 이번에 참석할게. 시간 될 것 같아.'

다시 침대에 누웠지만, 심장이 두근거렸다. 오랫동안 까맣게 잊고 지냈던 그리운 얼굴들을 하나씩 떠올렸다. 왠지 이번만큼은 한 주가 빨리 지날 것만 같았다. 그 설렘으로 원장의 갑질도 이겨낼 수 있을 것 같은 느낌마저 들 정도였다.

건동은 그날 처음으로 홍조를 띤 얼굴로 옆으로 누워 베개를 꼭 끌어안고 잠이 들었다.

'들어가 말아. 들어가 말아. 아이 씨 몰라.'

건동은 일부러 늦게 고시원에서 나왔다. 약속 장소 밖에서 일단 분위기를 살핀 뒤 여차하면 돌아갈 생각이었다. 참맛 부대찌개 가게 앞에서 서성거리며 단체석 쪽을 힐끔거렸다. 칸막이가 낮게 처져 있어 동창회인지 분간이 가지 않았다. 까치발을 든 채로 최대한 목을 위로 쭉 빼고 눈동자마저 치켜떠 들여다보는 순간 누군가가 그의 어깨를 툭 쳤다.

"야! 너??? 야 인마!!! 너 죽은 줄 알았다. 인마! 엉? 이 야박한 새끼. 그래도 잘 지내고 있었구나."

건동은 당황스러워 몸을 풀어보려 하지만 어찌나 꽉 그를 껴안던지 얼굴조차 확인할 수 없었다.

"저저저…. 저기요? 누구?"

"야 인마. 내 목소리도 못 알아보냐 인마. 이 자식이."

정체불명의 목소리는 건동의 얼굴을 양손으로 잡아 마치 살아있는 걸 확인이라도 하듯 자기 눈앞에 들이댔다.

"저저저 너무 가깝…. 너 준수???"

"그래 인마. 이제야 알겠냐!!! 너랑 소식 끊기고 백방으로 수소문했다, 인마. 이 개자식아. 의리 없는 자식아. 엉?"

준수는 다시 한번 건동의 어깨를 돌려 잡고 우는소리를 했다.

“미안…. 일이 그렇게 됐어…. 근데 이것 좀 놓고. 사람들이 다 쳐다보는데?”

“어? 아이고. 너무 반가워서 그랬네. 진숙이가 너 온다고 답장은 왔는데 확실치는 않다고 해서 긴가민가했다. 연락 싹 끊고 아주 잘 먹고 잘살았냐?”

준수는 싱글벙글 웃으며 건동의 배를 주먹으로 툭 쳤다.

“그게 사정이 좀 있었어. 너희랑 연락 끊고 싶었겠냐? 나도 아주 껌껌한 굴속에 들어앉아 있는 기분이었어.”

“그래도 그렇지 한 번을 연락이 안 닿아요. 애들이 자꾸 놀리잖아. 너하고 진짜 친한 거 맞냐고. 근데 암튼 이렇게 보니까 됐네. 들어가자. 다 모여 있을 거야.”

“어. 암튼 나도 반갑다 야.”

준수의 뒤를 따라 건동은 재킷의 옷깃을 치켜세우며 가게 안으로 들어섰다.

“야~~~!”

“야 인마 너 뭔데~~~!!!”

“드디어 준수가 데려왔구나.”

“아니야, 내가 찾았어.”

아홉 명이 칸막이로 나눠놓은 좌식 테이블에 옹기종기 모여 앉아있었다. 대낮이었지만 다들 이미 시켜 놓은 부대찌개에 소주를 한 잔씩 걸친 듯했다.

"오랜만이다."

건동은 준수를 만나 같이 들어와서 그나마 다행이라고 생각하며 동창들이 만들어 준 가장 가운데 자리에 앉았다.

"이거 어디서부터 어디까지 들어야 해?"

"우리는 이미 십 년 전부터 그래도 계속 얼굴을 봐와서 근황 다 아는데 너만 몰라."

"미스터리한 남자일세."

"외국에 나갔다 온 거야?"

"하도 소문만 무성해서."

진숙이, 준수, 완이, 선민이, 범재, 상호, 별이. 다 알아보겠는데 단 한 사람은 이름이 선뜻 떠오르지 않았다.

"너 얘보고 그러는 거지? 다 얽어서 그래. 민희야 민희."

"너무 빤히 쳐다보고 그러지는 마라."

"아…. 민희…. 반갑다 야."

이제야 기억 속 친구들의 퍼즐이 모두 맞춰졌다.

"자자, 질문은 한 번에 하나씩하고 직접 이야기를 들어보도록 합시다."

술병에 숟가락을 꽂아 넣은 상호가 너스레를 떨며 진행을 자처했다.

"넌 변함이 없구나?"

건동은 갑자기 온몸의 긴장이 확 풀리는 듯했다. 학창 시절 반장도 아니면서 늘 오락 시간만 되면 앞장서 MC를 보던 그였다. 대학생 때는 동아리 회장도 맡아 했고 비교적 조용한 준수와 건동에 비해 사람들 앞에 나서길 좋아했다.

"별건 없고. 그냥 국가고시 준비하고 집에 일이 있어서 좀 돕다가 그렇게 됐어."

"지금은 뭐해?"

"지금?"

건동은 그 질문을 받자마자 되받아 묻고는 뭐라고 대답해야 할지 시간을 벌었다.

"지금 말이지…. 지금은…. 조그마한 회사에서 팀장으로 일해."

"우와~. 너도 그냥 쭉쭉 탄탄대로로 열심히 살아왔구나. 역시 짜식."

"어? 아하하하. 뭐 다 그렇지."

그 순간 자신도 모르게 진땀이 났다. 틀린 말은 아니었다. 명문어학원은 엄연히 법인의 계열사였으며 실장인 그의 자리는 종종 팀장으로 소개되기도 했다.

"너 그때 공대 다녔었나? 그럼 제조업 쪽이야?"

"재 공대 아닐걸."

"엔지니어면 범재랑 같은 쪽일 텐데."

"오. 너 그럼 품질 쪽이야?"

그 말에 범재가 관심을 보이며 몸을 당겨 건동 쪽으로 숙였다.

"아니야. 그냥 교육 관련 쪽이야. 뭐 다 하는 일이 비슷하지. 말만 팀장이고 그냥 이일 저일 다하지."

"그래. 팀장 달면 멋있게 뭐 쫌 될 줄 알았는데 나도 위로 눈치 보고 아래로 눈치 보고 아주 죽겠다. 그나마 잡일은 좀 시키면 되는데 그놈의 출장이 너무 많아. 한잔해."

다행히 일 이야기가 나오자 술을 돌리는 분위기가 되었고 건동은 세세한 이야기는 피할 수 있었다.

'팀장 맞지. 교육업 맞지. 뭐가 틀려?'

그러면서 자신이 일하는 모습을 떠올려봤다.

"실장님, 전등 나갔어요."

"실장님, 어머니 상담이요."

"건동, 차 대기 시켜."

"실장님, 닭꼬치 좀 튀겨주세요."

"아저씨, 물 폭탄 할래요."

'일이란 게 다 그럴듯하게 포장하면 그만이지. 지들은 뭐 다르겠어?'

그런 생각을 하며 건동은 연거푸 잔을 비웠다.

"어이쿠. 역시 시원시원해. 오늘은 건동이 환영식이라고 생각하고 몰아줍시다. 쭉쭉쭉 쭉쭉쭉. 술이 들어간다. 쭉쭉쭉 쭉."

그렇게 여덟 명이 따라주는 소주를 넙죽넙죽 대여섯 번쯤 받아먹었을까? 거나하게 취기가 올라오는 게 느껴졌다. 덩달아 주변에서도 하나둘씩 벌게진 얼굴로 목소리가 조금씩 높아지는 게 느껴졌다.

"이거 봐라."

그때 범재가 키를 하나 꺼내 흔들어 보였다.

"새로 하나 뽑았어? 뭐로 뽑았어?"

"제네시스로 하나 맞췄다."

"역시 남자는 차야. 나도 이번에 승진 발표 나면 하나 바꿀 거야."

"너넨 좋겠다. 우리는 매달 붓는 대출이자가 장난 아니라서 차도 못 바꾼다."

"야 우는 소리는. 내가 강남에 7억짜리 아파트 있으면 그거 뜯어먹고 살지 차 안 바꾼다."

"저거 꼭 자기 자랑을 돌려서 해? 으하하."

"근데 숙이 너는 사업체는 잘 돼 가?"

"이번에 투자받아서 그럭저럭. 내년에는 좀 스케일업 해볼까 해."

"하여간 야무져. 여기서 자기 사업체 가진 건 너밖에 없다. 사장 노릇 할 만해? 나도 회사 따까리는 그만하고 싶다. 진짜 내가 아흐."

"그래도 월급 받을 때가 좋은 거지. 나는 그날 돌아올 때면 식은땀 난다. 그래도 첫해인데 흑자라서 펑크 나고 그러지는 않아."

"얘도 가게 하나 내잖아."

"무슨 가게?"

"방배동에 무슨 와인바 낸다고 하지 않았어?"

"아 그거. 와이프랑 사이드잡으로 그냥 해보려고. 어차피 거기 상가 낙찰받은 김에 이야기가 나와서."

"저거 하여간 부동산은 빠삭해? 응?"

"그거 샀을 때보다 얼마나 올랐지?"

"5억에 사서 한 2억 들여서 리모델링했는데 지금 10억 넘지? 근데 산 지가 오래됐잖니."

"담에 좋은 물건 있으면 귀띔 좀 해주라. 혼자서만 잘 먹고 잘살지 말고."

건동은 그 모든 이야기를 들으며 하나씩 새로운 정보를 업데이트하기 시작했다.

범재 – 대기업 제조사 품질관리부 과장이었다가 신 사업

부로 발령받으면서 팀장.

진숙 – 대기업 7년 차에 퇴사하고 엔젤투자를 받은 스타트업 CEO.

완이 – 결혼 5년 차. 중견기업 다니면서 부동산 투자로 시세차익을 3억 가까이 얻은 건물주.

별이 – 외국계 기업 근무하며 남편 발령지로 해외 이주 준비 중.

선민 – 보안 관련 학과 졸업 후 공항에서 근무 중.

상호 – 박사과정까지 밟고 연구소 정직원으로 재직 중.

준수 – 아홉 명 중에 가장 빨리 취직해서 팀장 달고 모은 돈과 부모님 찬스로 강남에 7억짜리 아파트 보유.

건동 – 10년간 국시 준비하다 포기 후 계약직으로 학원에서 잡일 중. 연봉 2천만 원에 실수령액 150만 원 조금 넘음. 고시원 거주.

민희 – 공무원인 남편과 함께 두 딸을 기르는 전업주부. 강남 30평대 아파트에 살며 시부모님의 서포트로 상가 월세를 받아 부족하지 않게 생활.

그러자 건동은 아예 말을 한마디도 꺼낼 수가 없어 묵묵히 술만 들이켤 수밖에 없었다. 맞장구를 적당히 쳐주면서 이게 취기 때문인지 열등감 때문인지 헷갈릴 정도로 낯이 뜨거워졌다.

"야, 적당히 마셔. 너 얼굴 완전히 빨개졌다."

"우리가 한 번 보고 안 볼 게 아니잖아. 천천히 가자. 슬로우 슬로우."

"아 응…. 간만에 보니까 하하하…."

어색한 웃음 속에 불편한 대화는 계속해서 꽃을 피웠다. 무엇보다 대학 시절 같이 게임을 하며 놀던 상호와 준수가 이제는 자신과 전혀 다른 세계 사람이라는 생각이 들어 더 가슴이 콱 막히는 듯했다.

"건동, 너 차 가져왔어? 술 이렇게 마시면 대리 불러야 하는데. 우리 2차로 바 갈 거야."

"그래, 적당히 마셔라. 어디다 댔어?"

"차? 아…. 술 마실 것 같아서 안 가지고 왔지."

"그럼 이따 택시 불러서 타고 갈 거야? 참 너 어디 살지?"

"그러게 같은 동네면 범재 차 타고 가든지 우리 차 타고 가든지. 강남이면 범재, 나나 준수는 강북."

"아…. 아니야. 나 실은 오늘 처리할 게 좀 있어서 일찍 들어가 봐야 해. 그냥 택시 타고 갈게."

"야 이거 완전 회사가 원하는 인재구먼. 하긴 직급 높은 거 달아봐야 느는 건 일뿐이지. 절대 안 줄어요. 안 줄어."

"그래, 우리 어차피 한 달에 한 번 이렇게 보니까 그때 또 보면 되겠지.”

건동은 어쩐지 자리에서 빨리 일어나야 할 것만 같았다. 주먹을 말아 쥐고 잔만 응시하고 앉았다.

‘나 도대체 십 년 동안 뭐한 거지?’

그 물음은 자리를 파할 때까지 그의 머릿속에서 떠나질 않았다. 똑같이 고만고만했는데 자신만 이렇게 되었다는 생각에 아무리 마셔도 술이 자꾸 입으로 갔다. 마지막 잔까지 원샷을 하고서는 머리 위로 털고 몸을 일으켜 세웠다.

“나 그럼 먼저 들어갈게.”

“그래. 야~. 담엔 시간 아예 쫙 다 빼놔.”

“연락처 주고 가야지.”

황급히 내빼려는데 기어코 준수가 스마트폰을 건넸다. 텔레비전 광고에서나 보던 최신형 모델. 카메라가 세 개 달려 있다는 그 제품이었다. 씁쓸한 뒤끝을 떨쳐내지 못한 채 서둘러 번호를 찍어주고는 손을 크게 흔들어 보이고 나섰다.

“아, 난 병신인가 봐.”

그날 밤 건동은 참을 수가 없었다. 더는 이 누런 벽지와 컴컴한 방도 차 없는 뚜벅이인 신세도 계약직에 잡일만 떠안은 거지 같은 커리어도 참을 수가 없게 되어버렸다. 마음속에서 열등감은 까만 욕망으로 스멀스멀 번져가고 있었다.

‘차란 말이지.’

‘집이란 말이지.’

‘결국 돈인 거네.’

체념하듯 살던 그의 눈빛에 이상한 기운이 돌기 시작한 게 그즈음이었다.

투자

Chapter 7. 하수

"무일푼 재테크."

"저자본 투자."

"고수익 투자."

"하이 리스크 하이 리턴."

"쌈짓돈 투자."

딱 하루인 황금 같은 휴일에 건동은 밖에도 나가지 않고 고시원 내측방 컴컴한 어둠 속에서 노트북으로 검색하고 또 했다.

"하아…."

스크롤을 내리고 페이지를 한참 넘겨도 낚시성이 아닌 좋은 정보는 딱히 보이지 않았다. 그때였다. 한 영상 클립이 건동의 눈에 띄었다.

"강남 부동산 투자 불패 신화, 소자본 가능."
"강남? 소자본? 말이 되냐?"
두 단어를 붙여놓으니 왠지 모순적이라는 생각이 들었다. 하지만 구미가 당기는 건 사실이었다. 그의 수중에는 두 달만 더 모으면 원룸 보증금이 될 천만 원이 조금 안 되는 돈이 있었다. 그걸로 투자는 무리였다. 하지만 소액이라니…. 그것도 강남이라니…. 솔깃한 제안이었다.
"사기일 수도 있지. 아니면 낚시든가. 뭐 근데 보는 데는 돈 안 드니까."
그렇게 클릭한 영상 속의 한 남자는 굉장히 말끔한 차림을 하고 있었다. 영국 댄디남의 정석이라는 깔끔한 슈트에 베스트까지 풀로 갖춰 입고 색감을 잘 매치한 네이비 타이를 맸다. 갑자기 일어나 필기를 하자 누가 봐도 비싼 티가 풀풀 나는 가죽 로퍼를 신은 모습이 화면에 잡혔다. 깔끔하게 포마드라를 발라서 넘긴 듯한 머리에 푸르스름한 자국마저 보이지 않을 정도로 깔끔한 면도와 정돈된 피부도 신뢰감을 한층 높여주었다.
"저도 흙수저였습니다. 대학교도 중간에 그만뒀어요. 등록금이 없어서요. 그때부터 갖은 고생을 다 했습니다. 힘든 일은 마다 안 했고요. 그런데 어느 날 이렇게 적은 돈을 계속 예금이자에만 기댔다가는 절대 이 판이 안 바뀔 거라는 생각이 들더라고요. 그래서 근처 공인중개사사무소를 찾아다니면서 귀동냥으로 배우고 또 귀찮게 좀 굴면서 따라다녔습니다. 그렇게 한 일 년을 하니까 좋은 매물이 뭔지 알겠더라고요. 그리고 삼 년쯤 지났을 때 부동산업자들이 좋은 소스를 제게 물어다 주기 시작했죠. 뜨내기가 아니라는 겁니다. 그래서 어떻게 되었을까요? 자, 지금은 강남에 집이 다섯 채예요. 외제차도 몰고요. 제가 이런 말 한다고 잘난 척한다고 하시는 데 아닙니다. 제가 뭐 금수저 물고 태어났나요? 다 열심히 해서 이 자리까지 온 거란 말입니다. 이렇게 다 까는 이유는 저와 다르지 않은 분들께 희망을 드리기 위해서죠. 제가 여기서 돈 자랑 해봐야 뭐하겠습니까?"

건동은 메모 패드에 급하게 단어를 두 개 적어 넣었다.

'흙수저.'

'부동산.'

이 두 개가 가능하다는 걸 지금 이 사내가 온몸으로 증명하고 있었다. 믿지 않을 이유가 없었다. 목이 늘어난 티셔츠에 무릎이 튀어나오고 종아리에 보풀이 허옇게 일어난 싸구려 짝퉁 트레이닝복을 입은 그의 모습이 갑자기 번듯한 슈트를 입고 있는 청년과 겹쳤다.

'저 사람도 나 같았던 때가 있었다고 하잖아. 할 수 있다잖아. 수중에 거의 땡전 한 푼도 없었다고 하잖아. 이거야. 이

거밖에 없어.'

건동은 그날 두근대는 심장을 진정시키지 못하고 들뜬 마음으로 밤을 지새웠다. 이제 이 거지 같은 직장도 종 부리듯 하는 원장도 참아낼 수 있을 것 같았다. 강남에 집을 살 때까지.

"퇴직금 중간 정산이요? 가능은 하죠. 근데 더 있다가 찾는 게 낫지 않을까요?"

"부모님께 좀 보내려고. 가능하면 처리 좀 해줘."

회계를 맡아서 하는 직원이 고개를 갸웃거렸다. 그도 그럴 것이 연봉이 인상되면 그만큼이 반영되어서 퇴직금도 늘어나는데 중간 정산할 이유가 없다. 게다가 조만간 퇴직연금 제도로 바뀌면 넣어둔 만큼 이자도 붙어서 오히려 내버려 두는 쪽이 이득이다. 하지만 건동은 그 돈까지 빨리 챙겨서 어떻게든 종잣돈을 마련할 생각이었다. 천만 원이 채워지면 제일 먼저 고시원에서 원룸으로 가겠다는 생각을 바꿨다. 조금 더 머물더라도 제대로 된 집을 살 수 있는 길이 있다. 강남에 집을 가질 수 있다는데 굳이 돌아서 갈 필요는 없을 것 같았다.

"저희 식사하러 갈게요. 실장님은 같이 안 가세요? 요기 앞에 코다리 집 새로 생겨서 가보려고 하는데."

"아니야. 가서 먹고 와. 나는 좀 할 일이 있어서."

건동은 어색한 웃음을 지어 보이고는 얼른 시선을 모니터로 돌렸다. 둘이 사라지는 모습을 확인하고는 얼른 벗어놓은 재킷을 걸치고 건물 밖으로 빠져나갔다. 다행히 점심시간은 한 시간이지만 아이들이 등원하기 전까지는 병원에 다녀왔다거나 화장실에 갔다 왔다는 핑계로 시간을 좀 더 벌 수가 있다. 그게 유일한 실장의 특권이었다.

"저기 개포동으로 좀 가주세요."

그의 목적지는 공인중개사사무소였다. 어제 그 남자는 몇 가지 팁을 줬다.

"될 수 있으면 주택가가 몰린 곳으로 가세요. 오피스나 오피스텔 위주로 거래하는 곳 가서 허탕 치지 마시고요."

"몇 군데 돌아보면서 궁합이 맞는 곳을 찾고 그다음에는 매일 도장 찍듯 들르세요."

"최대한 말쑥하게 입고 가야 문전박대 안 당합니다."

그의 직장에서 택시로 20여 분 거리. 드디어 개포동에 도착했다. 주택과 아파트가 적당히 섞여 있고 신축 빌라도 제법 보였다. 공인중개사사무소를 찾는 건 어렵지 않았다. 한 블록 건너 신축건물에 들어선 점포들이 줄을 지어있었다. 그는 제일 먼저 눈에 띄는 곳으로 들어가 보기로 했다.

"흐읍."

깊게 숨을 들이마셨다.

'알아보기만 하는데 긴장할 거 없어. 당당하게 가서 이것저것 물어보고 나오면 돼. 내가 못 살 건 뭐야. 미래 고객이지.'

그렇게 문을 열고 건동은 공인중개사사무소 안으로 들어섰다.

"어서 오세요."

그에게 먼저 인사를 건넨 건 젊은 청년이었다. 아무리 나이를 많이 쳐줘도 30대 초반 일 듯싶었다.

'이렇게 젊은 사람이 공인중개사사무소를 하나?'

건동이 어릴 적 부모님 따라 몇 번 갔던 공인중개사사무소는 그야말로 복덕방이라는 이름이 더 잘 어울리는 곳이었다. 나이가 지긋하신 동네 유지가 운영하고 가운데 놓인 난로에는 보리차가 든 주전자가 보글보글 끓었다. 이곳은 전혀 분위기가 달랐다. 밖에서 훤히 잘 보이게 해놓은 깔끔한 인테리어. 양쪽으로 하나씩 놓인 책상과 손님용 소파와 테이블 한 세트. 여느 사무실과 다를 바가 없었다.

"어떻게 오셨어요?"

"아, 집 좀 알아보려고요."

"미리 전화해 주신 건 아니시죠?"

"네…."

"지금 사장님이 잠깐 손님 매물 보여주러 나가셔서 좀 기다리셔야 할 것 같은데 차 한 잔 드릴까요?"

"네."

"아메리카노나 녹차 중에 뭐로 드릴까요?"

"아메리카노로 주세요."

그러자 직원으로 추정되는 청년은 커피머신으로 다가가 버튼을 눌렀고 요란한 소리를 내며 원두가 갈리고 커피가 추출되었다. 하얀색 잔에 가득 담긴 크레마가 풍성한 아메리카노라. 건동은 세상이 참 많이 바뀌었다고 생각하며 잔을 받아 들었다.

"잘 마실게요."

"네. 제가 혹시 언제쯤 들어오시나 전화 한 번 해볼게요."

그러는 동안 건동은 커피를 한 모금 들이켰다. 이상하게 초조했다. 발 한쪽을 자꾸만 떨고 있었다. 청년 쪽을 흘깃거리며 혹시라도 눈치채지는 않았는지 쳐다봤다.

"사장님 거의 다 오셨대요. 금방 이야기 나누실 수 있을 거예요."

"아 네."

얼마 되지 않아 한 남자가 들어섰다. 족히 180cm가 넘어 보이는 키에 2XL은 입을 듯한 풍채. 서글서글한 인상에 후줄

근한 티는 전혀 나지 않게 갖춰 입었다.

"아 안녕하세요. 많이 기다리셨어요?"

"아니요."

건동은 마시고 있던 커피잔을 얼른 테이블에 내려놓았다. 손이 허전해 자꾸만 오른쪽에 찬 시계를 톡톡 건드렸다. 그런데 사장은 얼른 매물을 보여주려고 하지 않고 그를 빤히 관찰하는 듯했다. 그 시선이 느껴져 더욱 긴장이 몰려왔다.

'뭐지? 뭘 가만히 쳐다보고 있지?'

"어떤 매물 보러 오셨어요?"

"아…. 아파트 하나 보려고요."

"평수는요?"

"한 20평대?"

"결혼하시나 봐요?"

"아뇨, 그런 건 아니고…."

"그럼 누구랑 사시려고?"

"아…. 뭐…. 저 혼자…."

"그래요. 그럼 예산을 어느 정도 보시는데?"

"그냥 신축이나 5년 안쪽으로 지어진 거 정도…."

"뭐 봐두고 오신 거 있으세요?"

"아뇨. 뭘 정했다기보다 좀 보고 결정하려고요."

"음…. 혼자 사시는데 20평대고 딱히 정하신 예산이나 생각해놓으신 아파트는 없으시다?"

"네. 근데 뭐 좋으면 들어가 살면 되니까요…."

"지금은 매물이 딱히 괜찮은 게 없고요. 매매죠?"

"네."

"여기 연락처 적어두고 가시면 제가 좋은 거 나올 때 전화를 드릴게요."

건동은 당황하며 펜을 건네받았다.

'이게 아닌데….'

그가 생각한 시나리오는 공인중개사를 따라 동네를 한 바퀴 돌고 신축 매물을 보면서 시세도 파악하고 돌아가는 꼴을 알아보는 것이었다. 그런데 적당한 매물이 없다며 연락처를 남겨놓고 가라니.

'집이 이렇게 많은데? 매매가 없나?'

건동은 휴대폰 번호를 적고 일어나며 남은 커피를 털어 넣고 뒤돌아섰다. 시간을 확인해보니 이제 30분 정도 여유시간이 남았다. 오늘은 이만 정리하고 돌아가야 할 듯했다.

"안녕히 계세요."

건동은 어색하게 인사를 하고 나가는데 사장은 문을 열고 그가 가는 모습을 끝까지 지켜봤다.

"영철아, 너 이놈 새끼 이리 와봐."

"네? 왜 그러세요?"

"어이구 이 빙신아. 너 어디서 저런 걸 물어왔냐?"

"네? 왜요? 멀끔한데…. 저 정도면 진상도 아니고 깔끔한 편 아니에요?"

"너 저 새끼 차 봤어?"

"아뇨. 뭐 타고 왔는지 보지도 않았는데요."

"차 안 끌고 왔잖아."

"근데요?"

"야, 이 동네 싸도 다 5억은 해. 근데 차도 안 타고 왔다고? 외제 차 정도는 끌고 와. 진짜 살 여력이 있는 새끼면."

"그러면요?"

"간 보고 다니는 거지. 저런 놈 있어. 부동산 투어하는 새끼. 야! 담부터는 뭐 타고 왔는지 최소 외제 차는 타고 왔는지 확인해. 안 그러면 귀한 시간 허비하고 헛수고만 하는 수가 있어. 엉? 그리고 저 새끼 나간 자리에 소금 좀 뿌려. 요즘 세무조사 한다고 눈에 불을 켜고 있는 마당에 그지 같은 놈이 와서. 재수 없게. 엉? 굵은 소금 좀 팍팍 쳐라."

Chapter 8. 훈수에 눈을 뜨다

'기분 참 이상하게 더럽고 찝찝하네. 아니 내가 돈 쓰러 간 손님인데 뭐야 그 새끼는….'

건동은 고시원 침대에 누워 천장을 바라보며 그날 일을 복기했다.

'갖춰 입었잖아. 근데 뭐가 문젠데? 그 젊은 놈은 반기는 눈치였는데 그 사장이 들어오면서 분위기가 싸했단 말이지. 내가 뭘 실수했나? 아님 그 동네는 돈을 싸 들고 다니는 사람이 한 무더기라 배가 불러서 그런 건가?'

답답한 마음에 부동산 재테크를 꿈꾼다는 사람들의 카페에 글을 남겼다. 오늘 나눈 대화며 상황을 기억나는 그대로 상세히 적어놓고는 출근을 위해 잠을 다시 청했다.

다음 날 아침, 푸시 알람이 잔뜩 떠 있었다. 건동은 눈을 비비며 제일 먼저 잠금을 해제하고 확인부터 했다. 댓글은 총 12개가 달려있었는데 대충 이런 내용이었다.

"업자들은 딱 알아요. 실구매자인지 어중이떠중이인지. 그냥 이것저것 괜찮다고 하면 안 되고 조건을 아예 딱 세팅을 해서 가셔야 해요. 그리고 옷차림에만 신경 쓰지 마시고 차도 좀 제대로 된 거 끌고 가야지 걔네 눈치 장난 아니에요. 솔직히 자기네 시간 쓰는 건데 살 형편도 안 된다고 판단되면 바로 쪽 준다니까요? 손님은 왕? 그런 거 없어요. 돈이 있어야 계약하고 복비 두둑이 챙겨줄 사람한테만 손님 대접 왕 대접해주지. 뭐 그것도 계약서 쓰고 잔금 다 치르고 난 다음에는 끝이지만."

'차? 그 생각은 못 했네. 근데 나는 차가 없잖아?'

건동은 그날 내내 그 생각뿐이었다.

"저, 실장님 애들 하원 지도 가실 시간 아니에요?"

허리에 손을 올린 채 부장이 그의 자리까지 쫓아 나왔다.

"네? 아직 시간이 좀…."

시간을 확인한 건동은 깜짝 놀라 바로 겉옷을 걸쳐 입고는 그대로 후다닥 뛰어나가 버렸다.

"저 실장님! 실장님!!!"

"네?"

엘리베이터 버튼을 누른 건동에게 부장은 손가락으로 발을 가리켰다. 아뿔싸, 그는 양말을 벗은 채 슬리퍼를 신고 있었다. 데스크 자리는 문이 자주 열려 직원들이 감기를 달고 살았다. 그래서 작은 난로를 가져다 놨는데 그 바람에 발만 따뜻하다 못해 더워 땀이 찬다는 게 문제였다. 보이지 않으니 앉아서 업무를 볼 때는 양말까지 벗고 슬리퍼를 신고 있었는데 정신이 없어 그대로 뛰쳐나간 거다. 짜증이 잔뜩 난 부장을 못 본 체하고 돌아서서 자리로 가 구두에 발을 구겨 넣고 아래로 얼른 내려갔다.

"프로즌! 프로즌!"

"렛잇고! 렛잇고!"

"두유 워너 킬 더 스노우맨. 크크크."

아이들은 평소대로 그의 팔뚝에 허리에 매달려 장난을 쳤다. 하지만 그의 머릿속에는 단 하나뿐이었다. 강남에 집을 사려면 차 문제부터 해결해야 한다는 것. 그 생각이 떠나질 않았다.

"차를 사? 그냥 차도 안 되는데…. 중고를 사? 그것도 만만치 않을 테고…. 그렇다고 해도 내가 가진 게 천만 원인데…."

오늘따라 혼잣말을 중얼대며 엉뚱한 데 정신이 팔려있는 건동을 두고 여직원들이 이상하게 쳐다봤다.

"실장님, 오늘 좀 이상해요~."

"무슨 일 있으세요?"

"응?"

"아니, 오늘 말 걸어도 못 듣고 아까는 막 부장님이 찾고 그러던데."

"아 아니야."

"뭔데요~."

"아니야."

"아님 말고요."

그날 밤, 건동은 동창회에서 받은 연락처를 떠올렸다.

"야, 너 혹시 차 좀 알아?"

"왜? 사게?"

"아니 그냥 알아보고 있는데…. 그냥 오래 탈 건 아니고 업무적으로 필요한 거라…."

"그래? 그럼 리스나 장기 렌트를 하지 그래? 요즘 그거 잘 돼 있던데."

"리스는 뭐고 장기 렌트는 뭐야?"

"차 빌리는 거 말이야."

"아! 그래?"

"그냥 금방 바꿀 건데 사긴 좀 그렇고 잠깐 그렇게 타기도 하고 그렇지 뭐. 근데 나중에 대출받을 일 있으면 장기 렌트로 해. 그러면 안 잡히니까."

건동은 그렇게 장기 렌트의 늪에 발을 들이게 되었다. 그가 고른 벤츠는 무보증에 선납금 없이 월 792,220원씩 5년을 약정한다는 조건. 상관없었다. 일단 이 문제를 해결해야 목표에 한 발짝 가까워질 수 있었으니까. 세후 150만 원 남짓한 월급에서 고시원비 33만 원을 빼고 렌트비와 기름값을 빼면 간신히 밥값 정도만 남을 테지만 타다가 계약을 양도하는 방법도 있다고 했다.

더 오래 계산하며 시간을 끌지 않기로 했다. 그러기에는 그가 낭비한 세월이 너무 길었다. 남들이 강남에 집을 살 동안, 부를 쌓고 명예를 얻을 동안 책과 씨름하다가 잡일이나 하는 똥통에 빠진 게 억울하다 못해 분했다. 그 마음을, 자신의 현실을 매일 매일 똑바로 바라보며 살고 있었으니까. 더해서 이사회에 운전기사로 끌려갈 때면 그 현실이 비수가 되어 그의 온몸을 헤집어 놓았다. 그리고 그 상처는 꽤 오래 아물지 않고 후유증으로 남아 그를 괴롭혔다. 이제 그 무기력함에서 벗어날 때가 되었다.

Chapter 9. 이 집은 무엇에 쓰는 물건인고

벤츠를 장기 렌트로 장만한 뒤 건동은 다시 한번 개포동을 찾았다. 그리고 그에게 면박을 준 공인중개사사무소를 다시 들러 설욕하려 했다.

'이번에는 내가 꽉 틀어잡고 있는 거 없는 거 다 찔러보고 물어볼 거야. 이 새끼들이 어디서 겉모습으로 판단하고 있어? 결국엔 내가 살 건데. 내가 고객인데.'

그 생각을 하자 한쪽 입꼬리가 올라가며 그도 모르게 바지를 다시 한번 추켜올렸다. 오늘은 흠잡을 데 없이 완벽한 모습이었다. 강남구청 근처에서 맞춘 슈트에다가 한땀 한땀 장인의 정성이 들어갔다는 윙팁 구두를 신고 사선 스트라이프가 들어간 넥타이를 맸다. 여기에 벤츠를 끌고 왔으니 이번에야말로 딱지를 맞지 않고 제대로 된 정보를 캐내며 내공을 쌓아 얼른 좋은 매물을 낚아챌 때가 왔다. 자신만만하게 셔츠의 깃을 만져 다시 정리하며 가게의 문을 세차게 잡아당겼는데 이게 웬일? 아무도 없다. 문조차 열리지 않아 손을 눈앞에 가져다 대고 안을 살폈더니 집기도 모두 빠진 상태였다. 설욕조차 하지 못하게 되었다는 생각에 건동은 바닥을 구두 끝으로 걷어찼다.

"아이 썅!"

그대로 돌아가기에는 아쉬웠다. 그런데 수없이 많던 공인중개사사무소들이 대거 문을 닫거나 잠시 쉰다는 메모를 붙여놓았다. 몇 바퀴를 돌아도 영업을 하는 곳은 없었다.

'이상하네. 뭐지?'

그렇게 골목을 빠져나가 다시 도로를 타려고 할 찰나 눈에 들어오는 한 공인중개사사무소.

"명품공인중개사사무소. 개포동 토박이 35년의 경력!"

불이 켜져 안이 환했고 문도 빼꼼히 열려 있었다. 하지만 이름과는 걸맞지 않게 뭔가 옛날 느낌이 풍기는 모습이었다. 가게 앞에 잔뜩 가져다 놓은 화분도 그렇고 천장에 달린 십자 모양의 형광등도 그렇고. 학원에서 잡일 하면서 온갖 조명을 갈고 끼고 달다 보니 알게 된 거지만 십자 형광등은 가장 싼 제품이었다. 그래서 조명가게 아저씨는 등을 보면 주인이 직접 살 집인지 세입자를 줄 집인지 대번 알 수 있다고 했다.

“더 비싼 건 절대 안 쓰지. 그리고 뭐 티도 안 나고. 저 정도면 됐지. 불도 잘 들어오고.”

그래서 이상하게 새로 싹 고쳤다는 집에 가도 묘하게 촌스러운 느낌을 지울 수 없는 건 싸구려 1.8T 장판과 기본 합성지 도배 그리고 십자 형광등의 콜라보 덕분이었던 거였다. 아무튼 지금 이 공인중개사사무소에서는 그런 취향의 냄새가 살짝 풍기고 있었다.

‘그래도 뭐 개포동인데. 35년 동안 한번도 손 안 댔나 보지 뭐. 원래 이런 데가 맛집이잖아. 오히려 건질 만한 정보는 더 많을지도 몰라.’

그렇게 발을 들이게 된 거였다. 명품공인중개사사무소의 대표는 엄복자 아주머니였다. 아니, 할머니라고 해야 할까?

“내가 이 동네는 뭐 손바닥 안이지. 강남이 이렇게 개발돼서 큰 아파트들 들어서고 삐까뻔쩍해지기 전부터 터줏대감이었으니까. 내가 이 주변에 소개 안 한 집이 없어. 웬만한 히스토리는 다 꿰고 있지. 근데 총각은 어떤 집을 찾는데?”

보자마자 총각이라는 호칭을 붙이며 말을 슬그머니 놓는다. 건동은 그게 기분이 썩 좋지는 않았지만, 한편으로는 고수의 향기가 느껴진다고 생각하며 긴장을 슬그머니 풀었다.

"아, 집 좀 보려고요."

그 말을 듣더니 엄복자는 건동을 위아래로 아주 찬찬히 대놓고 훑어보았다.

"혼자 살 집? 아니면 신혼인가? 아주 멋있네. 아주 멋져. 사장님이에요?"

"아…. 혼자 살 거예요. 직장이 강남이어서 출퇴근하면서 살 집으로요."

"그럼 월세? 전세?"

"아뇨, 매매하려고 하는데요."

그 말을 듣더니 엄복자는 갑자기 책상 앞에 앉아 있다가 벌떡 일어서더니 건동이 앉아있는 소파 옆으로 의자를 가져오더니 당겨 앉으며 반색을 한다.

"어머나 그래요? 아이고 좋네. 아파트로 볼 거죠?"

"네. 아파트도 좋고요. 뭐 신축 빌라도 괜찮아요."

"신축이라…."

"일단 혼자 살 거니까 큰 평수는 아니어도 상관없고요."

"큰 평수는 아니어도 된다니…. 얼마까지 생각하고 있어?"

"일단 전세 끼고 매매할 집 있어요?"

"아…. 당장 들어갈 건 아닌가 봐요?"

그 말에 엄복자는 둥근 금테를 한 번 추어올렸다.

"지금 사는 집이 아직 계약이 끝난 게 아니라서 그렇게 당장 들어갈 건 아니고요. 일단 사놓고 이사하려고요."

"급하지는 않다…. 그럼 내가 일단 집을 몇 개 보여줄게. 딱 조건에 맞는 매물이 있어요. 근데 지금 당장 봐야 하는 거예요?"

그러면서 엄복자는 요구르트에 빨대를 꽂아 내왔다.

"아…예. 감사합니다…."

건동은 속으로 이 무슨 강남답지 않은 대접이냐는 생각이 들었지만 일단 두 손으로 넙죽 받아 한 입 쭉 빨았다. 맞춤 슈트에 벤츠까지 끌고 와서 싸구려 요구르트를 쭉쭉 빨고 있는 모습이라니…. 그 생각에 급히 들이마셨다가 갑자기 사레가 들었다.

"켁켁켁…. 컥컥…. 크흡크흡…."

"괜찮아요, 총각? 아이쿠…. 물 가져다줄게."

엄복자는 스테인리스 컵에 물을 담아와 건동의 등을 두드리며 입에 대줬다. 사레들린 입가에서 뿜어져 나온 요구르트 잔해들이 초록색 부직포를 끼워놓은 탁자 위에 떨어졌다. 그는 자신도 모르게 휴지를 뽑아 쓱쓱 닦기 시작했다. 그런 건동의 모습을 엄복자는 지켜보고 있었다.

"어머, 이렇게까지 안 해도 돼. 내가 치워도 되는데…."

다시 한번 엄복자는 금테를 손으로 추켜올렸다. 십자 형광등의 빛을 받아 반짝, 또 한 번 반짝했다.

"좀 괜찮아요?"

"아…. 네…."

"내가 그럼 집 좀 볼 수 있냐고 전화 해볼게. 아마 세입자가 있는 집이라 연락이 안 닿으면 당장 못 볼 수도 있는데 그런다고 내가 어디 가는 거 아니니까."

"네…. 잠깐만요. 시간이 이렇게 되었네. 저 다시 사무실에 들어가 봐야 해서. 그럼 연락 좀 해보시고 내일 이 시간쯤 다시 들려도 될까요?"

"네, 그러세요. 그게 낫겠네. 지금 전세를 끼고 살 수 있는 아파트나 신축 빌라인데 계약 기간은 상관없다고 했으니까 가능한 좋은 거로 다 뽑아놓을게요."

"네. 그럼 제가 연락드릴게요."

시간을 보니 10분밖에 남질 않았다. 건동은 후다닥 빠져나와 시동을 걸고 그렇게 명품공인중개사사무소를 빠져나왔다. 그게 바로 어제 일이었다.

"딱 맞춰서 왔네. 이런 손님만 있으면 얼마나 좋아~. 근데 혹시 나이가 어떻게 되나? 우리 아들이랑 비슷해 보여서 말이야. 호호호. 실례는 아니지?"

그러면서 엄복자는 건동을 툭 하고 쳤다.

"아…. 서른여섯이에요."

"어머. 우리 아들이랑 동갑이네. 친구네 친구. 그 녀석은 아직도 자리를 제대로 못 잡고 있는데 이렇게 딱 번듯한 직장에 차도 있고 집도 사지 너무 좋겠다. 부모님이 좋아하시겠어. 호호호."

건동은 그 소리에 머쓱한 웃음을 감출 수 없었다. 부모님은 그가 서울에서 직장을 잡아 이제 맘 잡고 돈 버는 거로 알고 있었지만 그게 실은 세후 150짜리 계약직에다가 아직도 고시원에서 숙식을 해결하면서 70만 원대 외제 차를 끌고 다니는 사실은 몰랐다.

'빛 좋은 개살구.'

그 정도가 아마 건동의 현재 처지를 가장 잘 설명해주는 말일 테지. 하지만 이 아줌마는 그를 추켜세워 줬다. 쥐꼬리만 한 월급이지만, 강남에서 일한다고 편의점 도시락 신세를 벗어날 수 없지만, 장기 렌트 외제 차를 끌고 다니고 게다가 지금은 빛도 안 들어오는 내측방 고시원에 살고 있지만 곧 집을 살 거라고 건동을 아주 바람직한 자랑스러운 누구네 아들로 여겨주며 진심 어린 칭찬을 건넸다. 그걸 생각하니 경계심 역시 눈 녹듯 사라져버렸다.

"오늘은 볼 수 있나요?"

"그으럼. 내가 매물 세 개 준비해놨어요. 세입자가 주말이라 집에 없다고 해서 번호 받아놨거든? 근데 워낙 잘 빠진 집이라 보고 마음에 들면 얼른 결정해요. 게다가 전세 끼고 사는 거라서 거의 공짜지 뭐. 지금 당장 낼 돈이 뭐가 있어? 그치?"

"뭐 보고 맘에 들면 결정이야 쉽죠."

그의 원래 계획과는 다른 말이 튀어나왔다. 모아둔 돈은 있지만 지금 당장 십 원도 낼 돈이 없으니 당장 계약할 생각은 조금도 없었다. 다만 매물을 보면서 공부도 좀 하고 싸게 나온 급매가 있으면 생각해보려 했다.

'뭐 어쨌든 내가 결정하니까 말은 어떻게든 못하겠어?'

엄복자는 열쇠로 문을 손수 잠그고 앞장섰다. 그녀가 그를 데려간 곳은 삐까뻔쩍한 아파트단지 쪽은 아니었다. 단독주택을 업자들이 사서 빌라로 막 바꿔가고 있는 구역 쪽인 듯했다. 그래도 길은 차 두 대가 지나갈 만큼 꽤 넓었고 지저분하다기보다는 호젓한 분위기였다. 완전 새것은 아니지만 이제 곧 새 옷을 입을 테니까 상관없었다. 코너를 돌고 또 도니 거의 비슷하게 생긴 건물 두 채가 눈에 들어왔다. 1층에 주차를 할 수 있는 필로티 구조로 흔히 볼 수 있는 신축 빌라의 모양새와 같았다. 다행히 근처에는 아직 그보다 높은 건물이 들어서질 않았는지 발코니 쪽을 가리는 건 아무것도 없었다. 제법 채광이 나쁘지 않을 것 같았다.

"여기는 내가 소개 많이 해준 건물이야. 심지어 우리 사촌

딸도 여기 샀어. 건축주를 잘 알거든. 여기가 원래 단독주택 큰 거 세 채가 있었는데 그 필지를 사서 이렇게 올린 거야. 세월이 이렇게 흘렀어요. 이렇게 깔끔하게 해놓으니까 더 좋지. 저쪽 올라가면 24시간 마트 하나 있어. 혼자 살기도 좋고 신혼이어도 좋고. 이 가격에 이런 물건 없지. 자, 올라가 봐요."

"네."

엘리베이터는 생각보다 좁았다. 둘이 나란히 서니 좀 답답했다. 5층에 내리니 따닥따닥 붙은 집들이 한 눈에 들어왔다. 밖에서 볼 때는 분명 발코니가 두 개였는데 문의 개수를 세니 정확히 다섯 집 정도가 있는 듯했다.

"자, 들어가 봐봐."

가리지도 않고 도어락의 번호를 척척 누르더니 건동을 안으로 이끌었다. 생각보다 작았다. 이상했다. 분명 방 두 개가 나란히 붙어있고 주방이 있는데 고시원을 뻥튀기해놓은 것 같다는 인상을 지울 수가 없었다.

'뭐지?'

건동이 고개를 갸웃거리며 크게 마음에 들어 하지 않는 눈치를 보이자 엄복자는 커튼을 한쪽으로 확 쳤다. 환한 빛이 쏟아져 들어왔다.

"여기 봐봐. 정남향이라 불 안 켜도 이래. 집이 좀 좁아 보이는 건 세입자가 짐이 많아서 그래요."

그건 그랬다. 붙박이장이나 수납할 공간이 없는지 짐이란 짐은 죄다 꺼내놓았다. 주방 옆에 있는 작은 공간에는 소파를 테트리스 하듯이 가져다 놓고 그 건너편 현관 쪽으로는 양문형 냉장고 두 개를 붙여 놨다. 짐에 사람이 얹혀사는 듯했다. 그리고 뭐든지 집에 비교해 컸다. 5평 남짓한 방 절반 이상은 옷장이 차지하고 있었다. 거기에 퀸사이즈 침대를 놓으니 꽉 들어찬 느낌이었다. 그 옆방은 이상한 용도로 쓰이고 있는 것 같았다. 3평 정도 되는 공간인데 온갖 세탁물과 잡동사니들이 먼지가 뽀얗게 앉은 채로 쌓여있었다. 알고 보니 다용도실과 붙어있어 그런 듯했다. 미닫이문을 여니 좁은 공간에 통돌이 세탁기와 보일러가 놓여있어 빨랫감을 놓을 공간이 전혀 없었다.

'아, 그래서….'

빨래를 건조대에 널어서 이 방에 두는 듯했다. 일종의 빨래방으로 쓰는 거였다. 그 모습에 건동은 고개를 절레절레 저었다.

"이게 이 세입자가 들어오기 전에 짐 하나도 없을 때 봤거든? 그땐 진짜 깨끗했어. 얼마나 공간도 넓고 구조가 잘 빠졌는데. 그때 봤으면 맘에 딱 들었을걸?"

"아 그래요? 암튼 잘 봤습니다."

엄복자는 건동의 등을 툭툭 치듯 밀면서 뒤따라 나왔다.

"두 개 더 봐요. 난 이 집도 잘만 하면 괜찮을 것 같은데. 게다가 여기는 전세랑 매매가 천만 원도 차이가 안 나. 오백만 원만 있으면 살 수 있는데…."

엄복자는 운을 띄워놓고 건동의 눈치를 살폈다.

"오백이요? 그렇게나 차이가 안 나요?"

"여기가 그래요. 전세는 돈이 하나도 안 나가니까 집 살 능력은 되지만 이사 자주 가는 사람이라 그 돈 주고 들어오지. 그러니까 사려는 맘만 있으면 더 낫다니까? 전세 끼고 사면 거저잖아. 요즘 세상에 오백도 없는 사람이 어디 있겠어? 그것도 강남에서 집 사는데?"

그 말을 들으니 건동은 좀 찔리는 기분이었다.

"그렇죠. 그렇긴 하네요."

"두 집 더 볼 건데 거기는 전세 계약이 석 달 남았고 매매가랑 차이가 천오백 정도 나요. 그래도 좀 더 크니까 한번 가서 봐봐요."

건동은 머릿속으로 계산을 시작했다. 비록 아파트는 아니지만 게다가 신축 아닌가? 대출을 크게 받을 필요도 없고 당장 갚을 필요도 없다. 전세 계약이 반년은 남았다고 했으니까.

'정말 집을 사는 게 가능한 거야? 강남에? 내가? 진짜로?'

맘에 들건 안 들건 그게 중요한 게 아니었다. 거기까지 생각이 미치자 온몸이 달아오르는 기분이었다. 엄복자가 그다음으로 보여준 두 개의 매물은 더 좋긴 좋았다. 하지만 방이 조금 더 클 뿐 큰 차이는 없는 듯했다. 돈도 더 내야 하고 전세 계약도 얼마 남지 않았고. 건동은 이미 첫 집에 모든 마음이 쏠려있었다. 엄복자의 설명도 건성건성 듣는 둥 마는 둥 했다.

"그래요. 일단 이렇게 봤으니까 생각해보고 연락해줄 거예요? 지금 또 전화가 오네. 잠깐만. 네, 사장님. 집 보시게? 신축? 아, 지금 둘러보고 왔는데 알았어요. 먼저 보신 분이 있어서. 급하세요? 네네. 그럼 사무실로 일단 오세요. 저, 총각. 맘에 들면 빨리 결정해. 똑같은 조건의 매물 보신다는 분이 있어서 보여드릴 건데 그럼 결정 먼저 하는 순서대로니까. 그래도 내가 총각이 맘에 든다고 하면 일단 우선권을 드릴게. 알았지?"

"네…. 알았습니다. 연락드릴게요."

건동이 돌아 나오는데 손바닥에서 땀이 배어 나와 축축해지는 걸 느낄 수 있었다.

'놓치는 건가?'

건동은 그 생각을 떨쳐버릴 수 없어 다른 공인중개사사무소에도 가봐야 한다는 사실이 머리에 들어오지 않았다. 당장 그다음 사람이 계약할 것만 같았다.

'이보다 좋은 조건이 있을까?'

헤어져 돌아서는 엄복자의 뒷모습을 가만히 바라보고 서 있었다. 발이 잘 떨어지지 않았다. 처음 본 집을 계약하는 건 미친 짓이다. 하지만 오백이면 집을 살 수 있다. 그것도 강남에. 그게 중요했다.

'그리고 일단 가계약부터 하는 거랬으니까 조금 걸어놓고 정 아니다 싶으면 바꿔도 되고.'

갑자기 소변이 마려워지는 기분이었다. 초조했다. 그 자리에서 두 번을 뛰었다. 건동은 뱉지 말아야 할 말을 했다.

"저 사장님!!! 저 계약할게요. 가계약 걸고 갈게요."

건동이 소리쳐 부르자 엄복자는 그 자리에 섰다. 그리고 뒤돌아서 다시 한번 금테를 만지작거리며 씩 웃었다.

Chapter 10. 이것도 월급포함

D-10. 드디어 열흘 뒤면 십 년 고시생의 설움과 그에 버금가는 첫 사회생활의 치사함에 대한 보상을 받게 된다. 그 생각만 하면 절로 주먹이 쥐어져서 테이블을 탕탕하고 내려치는 바람에 건동조차 놀랄 정도다.

"요즘 실장님 뭐 좋은 일 있으신가 봐요? 얼굴이 싱글벙글에 뭔가 옷차림도 그렇고 누가 손을 댄 티가 나는데요?"

"분명 여자야. 제 촉은 못 피한다니까요. 남자가 갑자기 센스 있게 옷을 입고 다닌다! 멋을 부린다! 기분이 좋아 보인다! 그거 다 여자친구 생겨서라니까요. 솔직히 말해 봐요. 네?"

그날이 점점 다가올수록 자신도 모르게 뿜어져 나오는 자신감과 승리의 아우라를 감출 수가 없나 보다. 하지만 계약서에 인감도장을 꾹 찍고 모든 게 마무리될 때까지 초를 치지 않기 위해서 안간힘을 다해 입을 꾹 다물고 있다.

"그런 거 없어. 무슨. 똑같지. 왜 그래~. 커피? 알았어. 살게. 산다고."

슬쩍 흘기면서 웃음을 흘리고 일어서는 건동을 보고 두 여직원은 쑥덕거림을 멈추지 않았다.

"이상하다. 진짜. 수상해."

"내 촉은 틀린 적이 없는데. 맞는데."

그때 원장이 뒷짐을 지고 나와 데스크 주위를 어슬렁거리더니 그중에 명문어학원의 막내에게 손짓했다.

"저…. 저요?"

"어, 그래. 저기 저 도서관 저거 흉측하게 저게 뭐냐. 정리 좀 해. 알았지?"

"제가요?"

"그럼 누구 있어? 아니 주인의식을 가지고 프로페셔널하게 일하는데 네 일 내 일 뭐 따로 있는 거야?"

"아니 그런 게 아니라 원래 알바생이 하던 일이라서요…."

"그래서 못 하시겠다? 아이코 그럼 내가 해야겠네."

원장은 팔을 걷어붙이는 시늉을 하기 시작한다.

"아니에요. 제가 가서 할게요. 여기 전화 오면 돌려서 좀 받아주세요."

마지못해 일어나는 막내 여직원. 그녀는 올해로 스무 살이다. 전문대를 다니다가 휴학계를 내고 이곳에서 알바하다가 계약직원으로 말뚝을 박게 되었다. 근무 요일은 월요일부터 토요일까지. 실장은 3시에 퇴근하지만, 그녀는 5시에 퇴근한다. 남아서 상담 전화를 받고 뒷정리까지 한 뒤 제일 마지막에 떠나는 게 일. 대한민국에서 사라졌다는 주6일제는 아직 그녀 곁에 살아 숨 쉬고 있었다. 그렇다고 월급이 많은 것도 아니었다. 세후 110만 원. 최저시급이 오른 뒤로는 수당 20만 원을 보태 130만 원을 맞춰주고는 있지만, 기본급은 그대로라 퇴직금은 오르지 않았다.

"저기부터 여기까지 쫙 다 책 빼고 크기 맞게 잘 꽂아놓고. 학부모들이 오가다 한번씩 보는 덴데 이게 뭐야. 인상이 좋아야지. 암."

"네…."

그녀는 그렇게 이름도 발음하기 어려운 책들을 빼서 알파벳순으로 또 키순으로 정리를 시작했다. 그런데 원장은 자리를 뜨지 않고 그 모습을 가만히 쳐다보고 있다. 그녀가 고개를 돌려 왜 그러냐는 듯 쳐다봐도 원장은 피하는 기색도 없다.

"해~. 편하게 해~."

그러면서 맨 위 칸에 책을 꽂기 위해 까치발을 세우고 팔을 뻗자 갑자기 다가와 바짝 뒤로 선다. 이제 원장의 입김이 그녀의 볼에 닿을 정도가 되었다. 이대로 팔을 내릴 수도 그대로 있을 수도 없어 어정쩡하게 피하지도 못하고 선 그녀에게 원장은 씩 웃음을 날리며 손끝에 걸려있는 책등을 밀어 넣어준다.

"다 도와주려고 그러는 거지."

막내가 그의 품을 빠져나와 바닥에 널브러진 책으로 손을 뻗자 원장은 문가에서 그 모습을 조금 더 지켜보다가 사라졌다. 그녀는 손으로 등이며 볼이며 그가 닿았던 곳을 떨어냈다. 그래도 불쾌함은 영 가시질 않았다. 아직도 그 시선이 닿는 것 같아 불안하기까지 했다. 바닥에 나동그라진 책을 그러모았지만, 다리에 힘이 풀려 주저앉아 손을 놓고만 있다.

"여~. 웬일로 여기까지 다 손을 대? 갔더니 없어서."

건동은 마침 여직원들에게 가져다줄 아메리카노 두 잔을 들고 1층에서 올라온 참이었다. 그의 손에는 테이크아웃 잔이 들려있고 막내의 눈에는 눈물이 그렁그렁 맺혔다.

"왜? 무슨 일 있어?"

건동이 다가가 커피를 바닥에 놓고 책 무더기를 옆으로 치웠다. 막내는 몇 번이고 입을 달싹거리다가 꾹 닫아버렸다.

"신경 쓰지 마세요."

커피도 놓은 채 나가버리는 그녀의 뒤에다가 건동은 커피를 흔들며 외쳤다.

"이거 가져가야지. 이건 또 어쩐대? 내버려 둬?"

'이상하네.'

건동은 그렇게 막내 대신 뒷정리를 하고 데스크로 돌아왔다. 막내는 여전히 얼굴이 시뻘게져 말이 없고 그런 그녀 눈치를 보고 있는 다른 여직원 수정.

"갑자기 나갔다 온 사이에 분위기가 이상해졌다. 왤케 싸늘하대?"

운을 띄워도 아무 대답이 없는 그녀들. 그때 부장이 나타났다.

"실장님, 저기 교실에 빔이 안 나와요. 좀 봐주세요."

"네…."

건동은 그렇게 자리를 떴다. 그 의구심이 풀린 건 그날 저녁 무렵이었다. 원장실 앞을 지나는데 열린 문틈 사이로 고압적이면서도 짜증 섞인 목소리가 새어 나왔다.

"아이 그러니까. 학부모들이 우리 학원에 왔을 때 제일 먼저 보는 얼굴이잖아. 그런데 그렇게 무표정하게 앉아서 응대하면 어떡해? 응? 누가 들어오던지 문이 열리면 일어서서 웃으면서 인사도 하고 차도 내가고 그래야 할 것 아니야? 여기서 누가 그런 역할을 하겠어? 자기가 해야지? 그럼 내가 할까? 낼부터 내가 데스크에서 직접 시범 보여줘?"

"아니요…."

"알았지? 알아들었겠지. 프론데~. 내 지켜볼게. 지켜본다."

원장의 표적이 옮겨갔다는 걸 알았다. 실은 건동이 입사하기 훨씬 전부터 있던 전통이라고 했다. 딱 한 명만 찍어서 집요하게 괴롭히는 것. 그 대상은 대개 어리고 경험이 많지 않은 여직원이었다. 예전에 한번 어린 원어민한테 그랬다가 외국인 강사 커뮤니티에도 올라오고 고소하겠다며 마지막에는 바락바락 대들며 날뛰는 바람에 그 타깃은 한국인으로만 한정 지어졌다고.

막내는 몰랐겠지만, 그 자리에 들어온 직원들은 모두 원장이 직접 뽑은 어린 여자였고 일 년을 채우지 못하고 다들 눈물 콧물 다 쏟고 그만뒀단다. 제대로 된 사회생활의 시작이 여기였으니 반항도 제대로 해보지 못하고 자기가 뭔 잘못을 했겠거니, 원래 직장이 그런 거겠거니 하며 버티다가 멘탈이 털리고 자기 발로 나갈 수밖에 없게 만들었다고 했다. 물론 누가 정확히 그렇게 설명을 해준 건 아니지만 눈치로 이미 알고 있었다.

막내는 이번에도 얼굴이 시뻘게져서 나왔다. 그보다 그녀가 일어서 방을 나설 때 손목을 채어 잡고는 쓰다듬으며 위로랍시고 하는 성희롱이 더 불쾌했을 게 뻔했다. 그 상황을 본 것은 건동 하나. 하지만 아무 말도 할 수 없었다. 그는 회사를 그만둘 수 없었다. 지금 이 시점에서는 더더욱. 치사하고 더럽지만, 불의를 보고 참는 것도 월급에 포함된 거였다. 쥐꼬리만 한 월급에 말이다.

"저…."

건동은 위로의 말이라도 건네려다가 그냥 모른 척하기로 했다. 들어주기 시작하면 감당할 수 없을 것 같았다. 그날 이후로도 쭉 반가운 얼굴로 인사를 건네고 다른 일은 모른 척 커피 한 잔 사다 주는 정도만 하기로 했다.

"저 진짜 그만둘래요. 진짜 너무 싫고 더는 못 견디겠어요. 제가 그렇게 참을성이 없는 사람은 아닌데 꺽꺽."

이틀 뒤, 결국 터지고야 말았다. 직원 유니폼 대신에 갖춰 입으라는 원장의 지시에 하얀색 블라우스에 치마를 받쳐 입었는데 이번에도 막내만 딱 꼬집어 가슴에 달린 리본을 다시 매준다며 손을 댄 모양이었다. 치욕스러운 표정으로 참다가 마지막에 치마 옆 단을 잡아당기면서 너무 헐렁한 게 월남치마 같다고 던진 말이 결정적인 한 방이 되어버렸다. 막내는 원장이 사라지자마자 데스크에 엎드려 엉엉 울기 시작했다. 원장실까지 들릴 리는 없을 테지만 그 상황을 즐긴다는 걸 건동은 이미 알고 있었다. 그의 방에서는 학원 전체 CCTV를 볼 수 있었고 그걸 수시로 보면서 막내를 호출했었으니까.

'아오!!!'

건동은 그 모습을 보다가 벌떡 일어나버렸다. 하지만 발을 뗄 수 없었다. 이제 삼일 뒤면 계약서에 인감도장을 찍는 날이다. 강남에 집이 생기는 날이다. 위신을 세우는 날이다. 그 생각에 도로 앉아버렸다.

'불의는 참는 거야. 그 화살이 나 아닌 게 다행이라고 생각해야지.'

그렇게 참는 내내 손톱으로 손등을 마구 벅벅 긁어대 피까지 나기 시작했다. 그래도 건동은 끝내 아무것도 하지 않았다. 그저 모니터를 바라보며 입신양명하는 날을 위해 참을 뿐. 정의 구현도 그 어떤 것도 그다음이었다.

'그래, 강남에 집을 사면 다 달라져. 보란 듯이 성공해서 그때 내가 힘이 있을 때, 부와 명예가 있을 때, 깜냥이 될 때 나서면 되는 거야.'

그렇게 주문이라도 외듯 같은 문장을 반복하고 반복하며 퇴근 시간까지 자리를 지켰다. 다음날, 막내는 출근하지 않았다. 사고가 나서 출근할 수 없을 것 같다고. 그녀의 자리는 며칠 뒤 고등학교를 갓 졸업한 열아홉 살의 소녀가 대신하게 되었다. 원장의 직접 면접으로 뽑힌. 그날은 건동이 계약서에 도장을 찍는 날이었다.

Chapter 11. 분노의 망치질

"쾅쾅쾅. 쾅쾅쾅. 퍽! 팍!"

건동은 빌려온 빠루 망치로 싱크대 자리를 내리치고 또 쳤다. 철거된 상부장 자리에는 바르다 만 타일이 휑하게 자리만 남아있었다. 이제는 하부장을 떼어내고 깨끗하게 비워둘 차례. 다시 한번 무거운 장비를 어깨높이까지 들었다가 세게 내려쳤다.

"쾅쾅쾅! 쾅쾅!"

그의 입가는 물결이 쳤다. 웃는 듯도 하고 우는 듯도 했다. 시선은 같은 자리에 고정되어 있었다. 내려치고 또 쳤다. 옆에 사람이 있었다면 아마 깜짝 놀랐을 거다. 폭삭 내려앉은 자리의 파편이 사방에 튀었지만 같은 곳을 때리고 또 때리고 있었다.

"딩동딩동. 저기요. 계세요? 쾅쾅쾅."

그때 누군가가 벨을 누르며 소리쳤다.

"쾅쾅쾅. 저기요. 저기요. 아 씨발. 저기요."

건동은 망치를 든 채로 문을 열어젖혔다.

"저기요? 공사하신다고 미리 관리사무소에 연락하셨어요? 하셨냐고요? 아니, 그런 안내문 본 적이 없는데 지금 이렇게 시끄럽게 막 공사하시고 그러시면…."

반바지 차림에 슬리퍼를 신고 한 손에는 담배를 든 이십대 후반의 남자는 핏대를 세워가며 협박하는 어조로 따지다가 허리춤에 내려와 있는 건동의 한 손에 들린 망치를 보고는 당황해 멈칫하고야 말았다.

"뭐요? 뭐? 내 집! 내가 부시겠다는 데 뭐요? 신고? 말 잘하셨네. 건축법 위반 신고하셨어요? 그쪽이?"

건동은 아까 그 기괴한 표정으로 한 발짝 다가서며 만만치 않게 소리쳤다.

"무슨 신고? 이 아저씨 무슨 헛소리를 하세요. 내가 신고를 왜…왜 합니까? 나 참. 이런 건 좀 알리시고 하시라는 말씀이죠…."

건동이 그가 입을 뗄 때마다 한 발짝씩 가까이 다가섰다. 어느덧 그의 코앞에 얼굴을 들이밀고 빤히 쳐다보자 이상한 분위기를 감지한 청년은 말끝을 흐리면서 꼬리를 내리더니 피우다 만 담배를 입에 급하게 다시 물고 계단으로 뛰어 내려갔다.

"내 집 내가 부순다. 왜! 어느 새끼 어떤 년인지는 모르지만 너네 집은 무사할 거 같냐? 응?"

건동이 이렇게 약이 바짝 올라 아예 딴 사람으로 변한 데는 그럴만한 사정이 있었다.

"안녕하세요. 새 집주인입니다."

싱글벙글 웃으며 집에 들러 세입자에게 인사를 건네는데 상대방은 표정이 영 껄끄러워 보였다.

"아…. 네…. 이야기는 들었어요."

"뭐 필요하신 거나 부족하신 거 있으시면 이야기하세요. 하하하."

강남에 집을 샀다는 기쁨에 들떠 한껏 업이 된 건동은 세입자가 집을 아예 싹 다 리모델링 해달라고 해도 오케이를 할 정도로 너그러워져 있었다.

"아…. 아니에요."

"그럼 쉬시고요. 바뀐 번호 저장해놓으세요."

건동은 호방하게 자신의 휴대폰 번호를 불러 저장하게 하고는 돌아 나왔다. 그러면서 속으로 되뇌어봤다.

'집주인. 집주인. 집주인.'

곱씹을수록 기분 좋아지는 말이라는 생각을 하면서 집으로 향했다. 고시원 근처 빈자리에 장기 렌트한 외제 차를 세워 놓고는 누가 보지는 않는지 주위를 살피다가 후다닥 올라갔다. 계약서상으로는 그의 집이지만 아직은 들어가 살 수가 없다. 하지만 그런 건 중요하지 않았다. 오늘만큼은 옆방에서 다시 시끄럽게 여자친구와 통화를 하면서 벽을 발로 차도 괜찮을 것 같았다.

"저기요. 203호? 저 실장인데요."

건동은 끼익 문을 열었다.

"저, 지난 월세 아직 안 주셨어요. 주인아주머니가 확인하고 빨리 넣어달라고 하시거든요? 저희 아시죠? 석 달 밀리면 퇴거라서. 칼 같은 거 아시잖아요."

제일 하기 싫은 일. 밀린 월세 받으러 다니는 일. 실장은 그 일을 꺼렸다. 돈을 내야 할 사람이 되레 큰소리를 치는 경우가 여럿 있었고 가끔은 몸싸움으로 번지기도 했다. 다 사정이 고만고만한 사람들끼리 모여 사니 돈과 관련된 건 뭐든 쉽지 않았다. 이번에도 그럴 것이라 짐작하고 마음을 먹고 발길을 한 것이었다.

"아~. 죄송해요. 드려야지요~, 드려야지요~. 에이, 그런 거 안 주면 되겠어요~. 제때 드려야지."

그런데 오히려 건동이 싱글벙글 자신을 맞이하며 흔쾌히

한번에 돈을 보내주겠다며 휴대폰의 앱을 켜 그 자리에서 이체해준다. 실장은 어안이 벙벙해 말이 안 나올 지경이었다.

"네네네. 감사합니다. 저는 전달만 하는 거라서."

기분 좋은 일이 있나 보다 하고 돌아서는 실장의 등을 건동이 확 움켜잡았다. 그러자 그의 등에서는 식은땀이 흘렀다.

찰나의 시간.

잠깐의 정적.

그 순간 스쳐 가는 각종 무시무시한 사건들. 고시원 방화 사건부터 칼부림까지.

'괜히 이 일을 한다고 했어. 자리만 지키면 된다고 하니까 쉬운 줄 알았지. 공부도 하면서….'

"저 확인하셔야죠. 자자, 이거 보고 가세요. 요즘 돈 보냈다면서 거짓말하는 사람들이 얼마나 많은데요."

건동은 그의 몸을 돌려 기어코 송금이 완료되었다는 메시지창을 보여줬다.

"저 이거 아예 카톡으로 보내드릴까요?"

"아…. 아닙니다. 아니에요. 네, 충분히… 확인되셨어요."

말을 마치기가 무섭게 실장은 잽싼 걸음으로 기역자로 꺾인 복도를 지나쳐 사라졌다.

"저 실장님 요새 뭐 좋으신 일 있으세요?"

"나?"

"차도 새로 바꾸신 거 같던데…. 맞아요?"

"아 응. 뽑았어."

"이야. 완전 좋으시겠다. 저는 가끔 아빠가 차 세워두신 날 몰고 나오는 게 다인데. 그래서 엄청 오래되었어요. 게다가 스틱이라 불편해요."

건동은 부러워하는 여직원들을 보며 손가락 두 개를 꼽아 보였다. 그건 그들만의 암호 같은 거였는데 건물 1층에 있는 카페에서 아메리카노 두 잔 쏜다는 뜻이었다. 녹록지 않은 근무환경에다가 짠 월급까지. 건동은 궂은일을 다 맡아서 하면서도 가끔 이렇게 커피를 쏘곤 했다. 엘리베이터를 기다리는 내내 콧노래를 부르며 리드미컬하게 몸을 움직였다. 하늘을 나는 기분이었다. 그때 문이 열리고 원장이 내렸다.

"어 건동~."

"아이고 원장님. 안녕하세요."

갑자기 추임새까지 넣어서 깍듯하게 90도로 인사를 하자 원장은 당황한 눈치였다. 그를 곁눈질로 흘깃 한번 보더니, 손을 들어 답례하고 학원 안으로 들어서다가 다시 고개를 돌려 그쪽을 확인했다. 건동은 이미 엘리베이터를 탄 후였다. 고개를 절레절레 흔들고는 원장은 여직원들의 인사를 받으며 자기 방으로 들어갔다.

그렇게 한 달이 지났다. 강남에 집을 샀다는 기쁨의 유효 기간은 딱 거기까지였다.

"아…. 렌트비 나가고 월세 내고 빠듯하네…."

갑자기 큰돈이 나간 탓에 그는 옴짝달싹하지 못하게 되었다. 게다가 기분이라며 여기저기 한턱을 내고 다닌 탓에 통장의 잔액이 거의 남지 않았다. 스쳐 지나간 월급의 흔적만이 남았다. 그러고도 내야 할 카드 값이 있어 그는 어쩔 수 없이 리볼빙을 신청했다.

"다음 달까지 아직…. 좀 남았는데 괜찮겠지?"

그는 혼잣말하며 자꾸만 스마트폰 앱으로 잔액을 확인했다. 팝업이 뜨지 않았다면 들어온 돈이 없다는 건데도 불구하고 틈만 나면 들여다봤다.

"어이 건동~. 실장~. 스마트폰 내려놔. 그만 좀 봐. 애들 지도 좀 확실히 해. 응? 요즘 사고다 뭐다 케어가 부족하다 성의가 없다 뭐다 그러는데 자꾸 휴대폰만 들여다보지 말고 엉???"

원장은 말을 하다가 또 혼자서 화가 꼭대기까지 차서 언성을 높였다.

"네. 죄송합니다. 급하게 연락이 올 데가 있어서요."

"아, 그러세요~. 어디 누가 돈 좀 싸서 오신다고 하셨나 봐요? 요즘 아주 그냥 신수가 훤히 피셨던데 혹시 근처에 학원이라도 큰 거 하나 차리실 건가 봐요? 내가 건동이 밑으로 들어가면 되겠네. 하하하.”

건동은 슬그머니 전원까지 꺼서 그에게 액정을 뒤집어 보여준 뒤 가방 깊숙한 곳에 넣었다. 어느덧 데스크 분위기는 싸늘해져 있었다.

“막내~. 신입인데 분위기도 좀 띄우고 그래야지. 어?”

“네? 어떻게?”

“곧 송년회인데 비장의 무기 좀 준비해놔.”

“무슨?”

“장기자랑 몰라? 신입들은 신고식 해야지. 춤을 추든지 아니면 스트립쇼도 괜찮고. 하하하.”

그 말에 울상이 된 막내는 건동 쪽을 쳐다봤다. 그는 손을 들어 안심하라는 표시를 했다. 원장이 저 멀리 사라진 뒤 얼른 한 마디를 보탰다.

“그거 새로 들어오면 송년회 때 시키는 거 있는데 그냥 하는 척만 하면 돼, 하는 척만. 노래 틀어놓고 따라 부르든지 아니면 그냥 손뼉만 치면서 서 있던지.”

“진짜로 해야 해요?”

막내는 이미 울상이 되어있었다. 손을 꽉 쥔 채로 자리에 털썩 앉는데 건동은 예감이 좋지 않았다.

‘또 이번 달 못 넘기겠구먼.’

그날 저녁, 퇴근하며 휴대폰을 찾았다. 종일 꺼둔 터라 액정을 켜서 확인하는데 부재중 전화가 수십 통이 떴다. 모르는 번호였다.

‘뭐지?’

곧바로 통화버튼을 눌렀다.

“저 연락이 계속 안 돼서요.”

“누구?”

“저 엠퍼러 빌 202호요.”

“아…. 무슨 일이에요?”

“위반건축물 관련 이행통지서라면서 우편물이 하나 왔는데요….”

“응? 그게 무슨 소리야?”

“몇 주 전에 누가 와서 저희 부엌을 찍어갔는데요…. 그거 같은데.”

“누가 왜 사진을 찍어요?”

“모르겠어요. 저도 몰랐는데 여기는 주방 시설이 있으면 안 되는 건축물이라고 하더라고요. 저도 계약할 때 들은 게 없어서요.”

“알았어요. 내가 지금 들러서 확인해볼게요.”

건동은 심장이 쿵쿵대는 소리도 못 들은 체하고 급히 운전대를 돌려 그의 진짜 집으로 향했다. 벨을 누르자 세입자가 우편물을 하나 들고나왔다. 수면 바지를 입고 머리를 하나로 올려 묶은 그녀도 적잖이 놀란 표정이었다.

"아니, 수리 온 아저씨가 저 없을 때 소변보시고는 물도 안 내리고 가셔서 뭐라 했는데 두고 보자고 하더니…. 이게 왔어요."

"위반건축물 이행강제금 부과 예고…. 건축법 위반…. 부과 금액???"

건동은 그 대목에서 목이 콱하고 막히는 듯했다. 통지서를 쥔 손이 부들거렸다. 리볼빙까지 받은 상태에서 벌금까지 추징이라니….

"알겠어요. 내가 빨리 확인하고 연락해 줄게요."

"저…. 그리고 어차피 계약 기간도 거의 끝나가서 이번에 이사 나가려고요. 한 달 전에 미리 말씀드리면 된다고 해서요."

"네? 전세인데 한 달 전에 말하면 그 돈을 어떻게 구해요?"

"그게 계약상으로 만료 한 달 전에 통지하면 된다고 나와 있어요. 계약서 확인해보세요. 저도 본가로 내려가는 거라 더 살 수가 없어서 그래요."

건동은 험악한 얼굴로 그대로 돌아 나왔다.

'불법. 제거. 벌금. 전세금.'

그날은 밤새 그 말들이 둥둥 떠다니며 사라지지 않았다. 한숨도 자지 못하고 매매계약서까지 꺼내서 인터넷으로 검색해본 결과는 이랬다. 건동이 산 집은 주택이 아니라 근린생활시설로 등록되어 있었다. 일종의 편법인데 주차장 면적 때문에 일부러 그렇게 신고하고 완공 뒤 불법으로 조리시설을 설치해 주택처럼 판 거였다. 대개 걸리지 않으면 문제가 없는데 가끔 그 사실을 알고는 신고해 이렇게 탈이 나는 경우가 있단다.

'재수가 없으려니까….'

문제는 여기부터였다. 그전까지는 대개 구청에서 눈을 감아줬단다. 하지만 이제는 법이 강화되어서 이행할 때까지 계속해서 과징금이 붙는다고 했다.

"웬만하면 철거 빨리하세요. 이제는 그게 눈덩이처럼 불어나요. 그전에는 벌금 한번 물고 말았는데 그거 확인하러 오거든요. 이행 기간 넘어가면 이자 붙듯이 늘어난다고요."

건동은 그 대목에서 이를 꽉 깨물었다. 그의 통장 잔액은 현재 마이너스. 그보다는 그 망할 부동산 할멈한테 그런 이야기를 입도 뻥끗 안 한 걸 가서 따져야겠지만.

'이 할머니가. 의뭉스러운 구석이 있었어. 이 노친네를 확.'

끓어오르는 분노로 핏줄이 터지는 것 같은 기분을 간신히

억누르고는 아침 동이 터오기를 기다렸다.

'이 계약에는 애초부터 문제가 있었어. 물러 달라고 하든지 아니면 그걸로 타협해서 철거비를 받아내던지. 가만 안 둬. 가만 안 있어.'

엄 여사는 그리 호락호락한 사람이 아니었다. 인심 좋고 푸근한 인상으로 엄마 같은 사람이라고 했지만 실제로는 닳고 닳은 장사꾼이었다. 다음날 건동은 미친 사람 꼴을 해서는 공인중개사사무소 문이 열리자마자 튀어 들어갔다.

"어머, 이렇게 일찍 웬일이래요. 호호호."

약이 바짝 오른 건동의 얼굴을 살피면서도 엄 여사는 굽힘이 없었다. 무슨 일인지 전혀 모르겠다는 듯 자신의 페이스를 유지했다.

"저기요. 여기 계약이 잘못되었잖아요. 저는 그런 집인지 모르고 샀죠. 알았으면 안 샀죠! 보세요."

구청에서 날아온 통지서와 매매계약서를 같이 탁자 위에 집어 던지고 섰다.

"…."

아무런 대꾸도 하지 않고 건동의 얼굴을 살피더니 앉으라고 손짓하고서는 안쪽으로 쏙 들어갔다. 그는 1인용 소파에 앉았지만 안절부절못했다.

'뭐지?'

한참이 지나도 나오질 않았다. 기다리다 못해 건동이 엉덩이를 떼고 일어서려는데 김이 모락모락 나는 커피잔을 쟁반에 받쳐 들고나오는 게 보였다.

"아유, 일단 이거 한 잔 마셔. 뭔데? 찬찬히 좀 보자고."

안경을 고쳐 쓰고 뜨거운 커피잔을 건동의 손에 쥐여 주고는 아주 느릿느릿한 동작으로 통지서와 매매계약서를 번갈아 본다.

"저 그게 불법건축물이라잖아요. 저는 집을 샀는데 집이 아니라잖아요."

급한 마음에 건동은 요점만 말했다. 그런데도 엄 여사는 대꾸도 안 하고 문서들을 아주 찬찬히 꼼꼼하게 살폈다. 그는 타는 속을 축이려 뜨거운 커피를 들이켰다. 잔의 바닥이 보였을 때 이제는 가만히 있으면 안 되겠다는 심정으로 운을 뗐다.

"저! 이거 사…."

"아, 이거 계약서에 나와 있네. 근린생활시설로 등록이 되어있는데 그게 뭐? 사람 사는 거 똑같지. 그러니까 그 가격에 나왔지. 내가 설명 따로 해줘야 할 의무는 없는데? 계약서에 있는 거 다 읽어줬잖아."

"그게 아니라 애초에 집 안에 부엌이 있으면 불법이라고 말씀을 해주셨어야죠."

"그거 알고 있던 거 아니었어? 집 보러 다니는데 그 정도는 상식이지~."

"그럼 불법인데 중개해주신 거란 말이에요?"

"아니 나야 물건을 중간에서 보여주고 계약할 수 있게 하는 중개인이지 당사자가 아니잖아. 나는 당연히 감안하고 사는 줄 알았지. 일부러 그런 매물만 찾는 사람도 있어요. 아이참, 총각 너무 모른다. 그 정도는 공부하고 물건 사러 다녀야지. 그걸 다 일일이 내가 알려줄 수 없잖아. 속인 것도 아니고 자기가 몰라서 그런 건데~."

그 대목에서 건동은 화가 났다. 살려고 하는 사람이 줄 섰다는 말도, 바로 다음 사람이 전화한 것도 다 쇼인 것만 같았다.

"그래도 그렇죠!!! 이게 말이 됩니까!!!"

"그럼 나보고 어떻게 하라는 건데? 그 집은 내 소유도 아닌데."

엄 여사는 다리를 꼬고 커피를 마시기 시작했다.

"이거 보상해주셔야죠."

"내가??? 왜요???"

"아니, 이거 어쨌든 저는 그런 거 모르고 샀는데 불법건축물이니까 철거하라고 하잖아요. 어차피 돈 들여서 뜯어야 하고 제가 들어가 살아도 요리는 못하는 반쪽짜리 집인 거잖아요. 참 내."

"그런 경우는 내가 30년이 넘게 중개하지만 듣도 보도 못했어요. 그리고 요새 누가 그런 코딱지만 한 집에서 밥을 해먹어요? 일인 가구 몰라? 다 사 먹지. 그 정도는 월세 좀 덜 받고 전세금 내려주면 아무 말도 안 하고 들어와서 다들 살아."

"그럼 저보고 생돈 들여서 없애라고요?"

"그거야 총각이 알아서 할 문제지. 그리고 그 집 전세 계속 놓을 거 아니야? 그럼 잘 마무리하고 우리 집에 내놓으면 내가 그때는 내 몫 착착해서 해주지. 여기 다른 데는 그런 집 전세 잘 못 빼."

"허 참…."

커피잔을 다시 들어 건동은 마지막 한 방울까지 털어 넣었다. 시간을 확인하니 어느덧 출근까지 30분이 남았다. 평행선을 달리는 대화를 이제 더는 할 수가 없었다.

"제가 지금 다시 들어가 봐야 해서 다시 올게요."

"응, 그래요~."

건동이 일어서 나가는데도 엄 여사는 꼬인 다리도 풀지 않고 여유롭게 남은 커피를 마시며 손만 흔들어 보였다. 애가 타고 창자가 꼬이는 것 같은 그의 속은 헤아리는 척도 하지 않으면서. 며칠을 고민한 끝에 그는 결국 매매계약서를 꼼꼼히 확인하지 못하고 능구렁이 할멈에게 속아 넘어간 자신의 잘못이라고 결론 내렸다. 어차피 돈을 받아낼 수도, 계약을 무를 수도 없었다.

그런 와중에도 계속 리볼빙 금액은 차곡차곡 쌓여가고 후려치듯 내놓은 외제 차 렌트 양도계약도 진전이 없었다. 하루하루가 가시방석에 올라앉은 기분이었다. 그러다가 건동은 소주 나발을 불고서는 홧김에 빠루 망치를 빌려 세입자에게 연락했다. 마침 고향에 내려왔다고 했다.

"내가 그거 손 좀 봐놓을게요. 알았죠?"

얼큰해진 그의 목소리에 세입자는 안 된다고 말하지 못했다.

그리고 그렇게 셀프로 철거를 시작한 거였다. 분노의 망치질은 건물을 뒤흔들고도 남았다. 하지만 내려칠수록 건동은 자신의 생살을 헤집는 것만 같아 점점 미칠 지경이었다. 처음으로 마련한 집. 강남에 산 집. 그 집을 자신의 손으로 부수고 있었다.

Chapter 12. 한고비 넘으니 또다시 고비

건동은 몇십 분째 차에서 내리지 못하고 망설이고 있다. 조수석에 놓인 16롤짜리 녹차 휴지를 1초에 한 번꼴로 째려보다가 시선을 돌려보지만 뾰족한 수가 없다.

'에이 몰라. 지금 급한 불부터 끄고 보자. 더럽고, 치사하지만 일단 눈 한번만 질끈 감고.'

'에이 씨발. 그놈의 그지 같은 집은 왜 사가지고!!!'

'그때 왜 공인중개사사무소는 죄다 문 닫고 그 능구렁이 할매집만 문을 연 건데!!!'

'전생에 우린 악연이었어. 전쟁 통에 내가 그 할매 가슴팍에 칼을 꽂지 않고서는 이런 굴욕이.'

마침내 건동은 녹차 휴지를 들고 차에서 내려 발이 쳐진 명품공인중개사사무소로 들어갔다. 분명 전세를 끼고 매수할

당시만 해도 전세금을 올리지 않는 이상 세입자가 나가는 일이 거의 없을 거라고 엄 여사가 힘주어 말을 하다못해 거의 확신했기 때문이었다.

“전세가 또 그렇게 만만치가 않아요. 세입자 입장에서 검증된 집에 한번 들어갔는데 굳이 전세금 올리지 않으면 옮길 이유가 없지. 집 보러 다녀야 하지~ 짐 싸야 하지~ 이삿짐센터에 돈 줘야 하지~ 누가 그래? 내가 여기서 부동산업을 30년을 했는데 그런 적 한번이 없어. 걱정 안 해도 된다고.”

거기에다 맘에 걸리는 말 한마디를 붙이기는 했지만, 그때는 좋은 말만 듣고 싶고 믿고만 싶었다.

“그렇다손 치더라도 나가는 입장에서는 날짜 맞춰서 보증금 받아야 하니까 다음 사람을 구해줘라 그러면 내가 그 목돈이 어디 있냐, 배 째라 식으로 나가면 다 해결돼. 내가 보장한다니까.”

그건 불법이 아니냐는 말이 목구멍까지 차올랐지만, 이제는 그도 생각을 바꿔야 했다. 더는 고시원 방을 전전하는 세입자가 아닌 강남에 신축 빌라를 가진 집주인으로서.

‘참 버라이어티하다. 하루가 맘 편할 날이 없네.’

하지만 싱크대 사건으로 엄 여사와 한바탕한 뒤라 명품공인중개사사무소만큼은 피하고 싶었다. 근처 다른 곳을 찾아가 주소와 연락처를 남겨 놨지만, 그들은 시큰둥했다. 푼돈이

나 만지는 그런 일을 나서서 해주려고 하지 않았다. 그들은 큰 건을 물어 수수료를 많이 남길 수 있는 건만 하려고 했다. 피를 붙여서 신축 아파트를 매매한다든지 아니면 단독주택 필지를 업자에게 넘겨 신축 빌라로 올린다든지. 그 과정에서는 몇천이 오간다고 했다. 그러니 이 일을 반길 리가 없다. 보름을 기다렸지만 더는 안 될 것 같았다. 세입자의 빗발치는 메시지에 일할 때도 불안하기 짝이 없었다.

"사장님, 저 이미 짐 다 싸놨어요. 보증금 그 날짜에 꼭 주셔야 해요!"

"저는 계약서상에 있는 대로 한 달 전에 노티스 드렸어요. 아니 실질적으로는 한 달 반 전에 드린 거니까 최선을 다한 거예요. 꼭 그 날짜에 주세요!"

"잊지 마시고 꼭! 꼭! 그때 돈 주세요."

단 한번도 답장하지 못했다. 그러자 점점 메시지가 날아드는 간격이 짧아졌다.

"일단 공인중개사사무소에 내놨는데 기다려 봐요."

건동은 전날 그렇게 문자를 보내 놨다. 이제는 매듭을 지어야 했다. 그래서 최후의 카드인 엄 여사를 꺼내기로 한 것이었다.

"나한테 물건 팔 때 보면 사람 쪼고 능구렁이같이 구는 게 보통 솜씨가 아니야. 이번 전세도 그렇게 처리해줄 거야."

그는 그렇게 눈 한번 질끈 감기로 했다.

"어 왔어?"

잘 쓰지도 못하는 컴퓨터 앞에 앉아 샐쭉한 표정과 심드렁한 말투로 인사를 건네는 엄 여사에게 건동은 휴지를 들어 보였다.

"사장님, 이거 여기다 둘까요?"

"무슨 휴지야? 뭘 그런 걸 가져오고 그래."

그 말이 끝나기가 무섭게 다시 한번 그녀의 입꼬리가 씰룩대는 게 느껴졌다. 처음에 집을 보러 다닐 때는 왜 그럴까 싶긴 했지만, 인제 와서 보니 술수를 펼칠 때 나오는 몸짓인 것 같았다.

"아뇨. 그냥. 저 지난번에는 제가 좀 흥분해서 실례가 많았어요."

"뭐 살다 보면 그럴 수도 있지…. 근데 이제 좀 가라앉았나 봐?"

"아 네 뭐. 저 차 한 잔만 주세요."

건동은 뜨거운 녹차 한 잔이 나오기 전까지 양손을 연신 비비며 정신을 똑바로 차리려 애를 썼다. 오늘 담판을 지어야 한다. 아니꼽고 더러워도 해결을 보고 가야 한다.

"저 우리 집 세입자가 나간다고 하더라고요. 전세 계약만료 날이 얼마 안 남았는데 연락이 왔어요."

"그래? 왜 나가지? 혹시 전세금 올린다고 했어요?"

"아뇨. 그냥 기간이 만료돼서 나가고 싶대요."

"그냥 나가라고 하고 말았어?"

"그게…. 그럼 어떡해요?"

"그럴 땐 딱 압박을 줘야지. 나한테 먼저 귀띔하지 그랬어."

엄 여사는 자기 몫으로 가져온 믹스커피를 들이키고는 숟가락으로 바닥까지 긁어 빨아먹고 있었다. 그 모습을 보며 더럽다는 생각이 들면서도 건동은 그 마음조차 가라앉히고 본론으로 들어가기로 했다.

"좀 소개해 주세요. 오늘 집 내놓으려고 온 거예요."

"그래? 근데 지금 돈으로 좀 그런데…."

"왜요?"

"음식을 해먹을 수가 없잖아."

"아니 그건, 원래 소개해주실 때 그런 말이 없어서…."

건동은 끓어오르는 흥분을 가라앉히기로 했다. 오늘은 입씨름하러 온 게 아니다. 더 급한 일이 있다. 그것만 해결하면 나중에 명품공인중개사사무소에 불을 지르든 책상을 뒤엎든 상관없다고 생각하고 되뇌었다.

"아니…. 그게 아니고 그럼 얼마나 더 내려야 해요?"

"이 동네에 그 정도 크기에 취사가 가능한 건 2천 정도가 더 비싸니까 2천은 내려야지.”

“2천이요???”

이미 매수할 때 영혼까지 끌어모아 마련한 터라 여유자금은 없다.

“왜 그 정도는 있을 거 아니야? 차도 좋은 거 끌고 다니면서.”

그 말을 하는 엄 여사의 입꼬리가 다시 씰룩거렸다. 건동은 성질 돋우는 말만 일부러 한다는 걸 알면서도 어찌할 도리가 없었다.

“당장은 저도 돈이 묶여있어서….”

그러면서 최대한 불쌍한 표정을 지으며 엄 여사의 두 손을 덥석 잡았다.

“사장님. 저 좀 도와주세요. 지금 곤란하다니까요. 전세금을 그렇게까지 낮추는 게 불가능하니까 여기 온 거 아니겠습니까. 이 동네에서 명품공인중개사사무소가 제일 그런 매물 잘 맞춰주잖아요. 제가 다 아는데.”

건동은 최대한 살랑거리면서도 능청스럽게 마무리했다. 자기가 한 말을 들으면서도 당황스러울 정도였다. 평소 뻣뻣하고 정석만을 걸어오던 그가 급한 사정 앞에서 이렇게 돌변할 수 있다니 자신도 놀라웠다. 하긴, 지금 물에 빠져 죽기 일보 직전이 아닌가. 썩은 나뭇가지라도 잡아야 했다.

"뭐…. 그 정도는 아닌데. 호호호."

엄 여사의 눈이 가늘게 찢어졌다. 아닌 척하려 애쓰지만, 안면에 웃음이 퍼지고 있었다.

"그럼, 다른 방법이 하나 있는데…."

"뭔데요?"

"그게…. 다 나 좋자고 하는 게 아니고…."

"다 압니다. 알죠. 뭔데요?"

"음…. 복비를 좀 세게 챙겨주면 나도 제일 먼저 사장님네 집부터 보여줄 수 있지. 꼭 그 물건 보러온 거 아니더라도 좋은 집이라면서 슬쩍 데려갈 수 있고 또 어필을 좀 잘해서. 또 급한 사정이 있으면 푸시하기도 쉽고."

"얼마를 더 드려야 하는 건데요?"

"원래보다 두 장 더."

엄 여사는 손가락 두 개를 펴 보였다. 원래 복비에 2백을 플러스로 얹어달라는 말이었다. 그때부터 건동의 머릿속이 바빠지기 시작했다.

'일단 지난달에 인센티브로 받은 20만 원과 지금 잔액 남은 거랑 하면 백만 원은 맞출 수 있고…. 흠…. 현금서비스? 마이너스 통장?'

계산기를 두드리다 보니 불가능한 금액은 아니라는 생각이 들었다. 적어도 2천만 원 차액을 채워 넣는 것보다는 나았다.

그 방법밖에는 없었다.

“네, 그렇게 할게요. 대신 꼭 좀 해주세요. 진짜. 아셨죠?”

“알았어요. 내가 힘써볼게.”

건동은 다시 한번 손등을 툭툭 치며 어필했다. 돌아 나오는데 이 동네에서 이렇게 허름하고 트렌디하지 않은데도 명품공인중개사사무소가 살아남은 이유를 대충은 알 수 있을 것 같았다.

하나, 엄마뻘 운운하며 맘씨 좋은 척하며 무장해제 시키기.

둘, 없는 문의 전화를 지어내 압박 가하기.

셋, 매물 팔아넘기고 나 몰라라 하기.

넷, 안 나가는 물건 덤터기 수수료 받고 거래해주기.

“참 대단하다 대단해. 어떻게 보면 내가 저런 걸 닮아야 할지도 몰라. 쯧쯧쯧.”

발로 바닥을 툭툭 치다 차에 올라탔다. 그리고 정말 딱 일주일 뒤, 새로운 세입자가 나타났다는 엄 여사의 전화를 받았다. 도장을 찍고 돈을 받아 전세금을 돌려줬다. 그 후 생각지도 못한 도배와 장판 비용이 들기는 했지만 급한 불은 정말 꺼졌다. 건동은 엄 여사에게 약속한 웃돈을 건넸다.

Chapter 13. 천만 원만 올려주십쇼

"저기~ 저기요~. 저기 잠깐만~."

자기 이름이 불릴까 두려워 속도를 늦추지 않았다. 기역으로 꺾어지는 이 복도만 지나면 방으로 쏜살같이 들어가 문을 잠글 셈이었다. 그러면 아무리 실장이라 할지라도 감히 그의 방에 들어와 귀찮게 할 수는 없을 테니까. 하지만 코너링이 어설펐다. 막 코너로 돌아서는 찰나 실장이 잰걸음으로 다가와 그의 어깨를 잡아챘다.

"저 건동 씨. 잠깐만요."

"네?"

건동은 최대한 눈을 동그랗게 뜨고 무슨 일인지 전혀 모르겠다는 듯이 순진한 표정을 지어 보였다.

"저요?"

"네, 건동 씨요."

"무슨 일이신지…."

"저기 고시원비 삼 개월째 밀리셨잖아요. 그것 때문에 사장님이 빨리 해결하라고 난리세요. 계속 얼굴 볼 기회가 없어서. 근데 참 이상하죠? 제 방이 입구 바로 앞이고 거의 24시간 촉을 세우고 있었는데 왜 보질 못했을까? 이상한 일이죠? 건동 씨가 일부러 기척도 없이 다녔을 리는 없고요."

건동은 능청을 떠는 실장 녀석의 말을 듣자 조용히 넘어갈 수만은 없겠다는 생각이 들어 태세를 전환하기로 했다.

"아, 진짜요? 그럴 리가요. 제가 자동이체로 해놨는데 안 빠져나갔나?"

"자동이체요? 고시원비를? 가능합니까?"

"불가능할 건 뭐 있어요? 아파트 관리비도 요새는 다 자동이체로 빠져나가게 한다니까요."

"그런 건 제가 잘 모르겠고요. 사장님이 계속 확인하셨는데 안 들어왔답니다. 삼자대면시켜드려요?"

실장은 스마트폰에서 단축키를 누르더니 통화버튼을 눌렀다.

"에이 뭘 또 이렇게까지. 뭔가 오해가 있으셨나 본데."

건동은 실장의 폰을 빼앗아 황급히 종료 버튼을 눌렀다.

"아시죠? 저희 지금 고시원 방 풀인 거? 이 정도 위치에

이 가격은 저희밖에 없다는 거 아시잖아요. 다들 옮기려고 해요. 사장님이 직접 김치 담그시지, 국도 매일 직접 하시지 밥이랑 라면도 채워놓으시지. 솔직히 그럼 3만 원은 더 받아야 해요. 아시잖아요. 여기 시세."

"네네…. 저 근데 제가 일주일만 지나면 월급날이거든요. 그때 제가 꼭 확인해서 넣어드릴게요. 돈이 진짜 없어서 그래요."

"치사하게 들으실까 봐 제가 이것까진 이야기 안 하려고 했는데 차 있으시죠? 여기 고시원에 돈 없다는 사람이 어떻게 차를 몰고 다닙니까. 사정 봐 드릴만 하면 한두 달은 기다려 드리죠. 근데 그게 또 아니잖아요? 하고 다니시는 것도 멀끔하시고."

그러면서 실장은 위아래로 건동의 옷차림을 손가락으로 가리켰다.

"아니 그거 제 차 아니고요. 저희 사장님 수행하는 차라 끌고 다니는 거예요. 근데 그건 어떻게 아세요?"

"다 오가면서 듣는 귀가 있잖아요. 그건 됐고. 내일까지 꼭 정리해주세요. 안 그러면 방 비우셔야 해요."

"네??? 아이참. 월급이 들어와야 돈을 내죠. 제가 밀린 건 죄송한데 좀만 봐주세요. 일주일 뒤라니까요. 그것 때문에 나가라고요?"

"암튼 저는 전달했습니다. 제 입장도 곤란한 거 아시죠? 정 힘드시면 일부라도 내셔야 방 안 빠집니다. 저희가 또 그런 건 사장님이 직접 칼같이 하시는 거 아시잖아요."

건동은 옆방에 있던 일용직 아저씨를 떠올렸다. 매일 근처 편의점에서 소주 하나를 까고 와서 방에서는 조용히 텔레비전만 보던 그 주름이 가득한데 딱딱하게 굳은 나무껍질 같던 피부. 말을 섞진 않았지만, 그네의 사정을 알 것만 같았다. 어느 날 그의 방이 강제로 열렸다. 사장이 직접 나서서 세간살이를 모두 들어내고 복도에 내놓았다. 여기서 장기체납은 씨도 안 먹힌다. 일단 사장이 덩치가 어마어마하다. 키가 190cm에 달해 고시원 천장에 머리가 거의 닿으니 더욱더 그 위세가 거대해 보인다. 웬만하면 다들 토를 달지 않고 순순히 짐을 들고 사라지곤 했다. 아저씨도 그랬다. 그리고 방이 빠지기가 무섭게 다음 사람이 들어왔다.

"네네…. 알았어요."

건동은 할 수 없다는 듯이 대답하고는 방문 손잡이를 돌렸다. 실장은 사라졌지만, 그에게는 또 다른 숙제가 남겨진 셈이다.

'빵구 날 것 같은데….'

현재 그의 월급은 세금 떼고 150만 원 남짓. 여기에 자동

차 렌트비가 70만 원대. 고시원비가 33만 원. 차 유지비 20만 원. 밥값과 공과금을 빼면 남는 게 거의 없다. 게다가 세입자 구하고 여기저기 쓴 돈이 거의 300만 원 가까이 되는 바람에 월급은 통장을 스쳐 지나가는 수준이었다. 리볼빙으로 겨우 급한 불을 끄는 지경에 이르렀다. 이번 달은 아무래도 현금서비스를 받아서 고시원비 일부라도 내야 할 것 같다.

'강남에 집만 사면 될 줄 알았는데….'

무리하게 영혼까지 끌어다가 집을 마련했지만 돈 먹는 하마일 뿐 정작 자신은 아직도 고시원 신세였다. 하지만 장밋빛 미래를 생각하면 한 살이라도 젊을 때 이 고생을 하는 게 맞지, 싶었다. 조금만 더 돈이 모이고 안정된다 싶으면 먼저 고시원부터 뜰 생각이었다. 그 사이에 부동산 고수들을 만나서 조금 더 공부하고 배우면서 판을 더 넓힐 거다. 여기서 만족할 수는 없다. 아무리 강남이지만 지금은 밥도 해먹을 수 없는 빌라일 뿐이니까.

"저 실장님."

같이 일하는 여직원인 수정이 그녀의 빈 옆자리를 가리켰다. 원장의 욕받이로 고생하던 막내는 석 달을 채우지 못하고 그만뒀다. 캥거루 모양의 연필꽂이만이 덩그러니 남았다.

"또?"

"네 또. 아주 죽겠어요. 이럴 때마다. 그렇다고 사람을 바로바로 구해주시는 것도 아니고. 저 혼자서 일 덤터기 쓰는 것도 못 하겠어요. 여기가 뭐 그렇게 월급을 많이 주는 것도 아니고. 주5일제에 역행하는 주6일제잖아요. 저도 진짜 열 받으면 다른 데로 뜰 거예요. 뭐 갈 데가 없어서 계속 붙어 있는 줄 아나."

수정이 이번에는 정말 단단히 화가 난 듯했다. 그도 그럴 것이 좀 친해질 만하면 그만두고 좀 친해져서 일 좀 가르칠 만하면 그만두니까. 매번 새로 오는 여직원을 원장이 직접 뽑고 그렇게 전담 마크까지 해가면서 괴롭히니 남아나질 않는 거다. 터줏대감인 수정이 거기서 자유로울 수 있었던 이유는 단지 원장의 스타일이 아니어서다. 원장이 고분고분하고 조용조용한 타입을 선호하는 데 반해 그녀는 목소리도 카랑카랑하고 지지 않는 성격의 소유자라 진상 학부모들도 꼼짝 못 한다.

"건동, 내 자리로 좀 와."

그때였다. 귀신같이 자기 이야기를 하는 줄 어찌 알고 원장이 건동을 호출했다.

"네."

"거기 앉아."

원장은 자리에서 손가락으로 의자를 가리켰다. 앉아 있는 게 아니라 흡사 누워있는 꼴에 가까웠다. 건동은 자리에 허리를 빳빳이 세워 앉았다. 원장은 갑이고 건동은 을이었다.

"우리 원에 온 지도 일 년이 되었더구먼? 축하해. 열심히 했어. 그래서 계약서를 새로 써야 하는데 우리 알지? 1년 지나면 연봉 올려주는 거. 그런 거 흔치 않은 게 이 바닥인데. 다른 데는 2년에 한 번씩 올리거나 올려줘도 5만 원 이렇게 찔끔 올려주는데 우린 또 그런 건 화끈하지. 계약서는 준비해 놨고 월마다 10만 원씩 더 들어가는 거로 했으니 확인하고 사인하면 돼."

그는 거기까지 말하고는 자기 볼 일은 다 끝났다는 식으로 의자를 돌렸다.

"저…."

"뭐? 잘못 적힌 거 있어?"

"아니요. 그게 아니라."

건동은 운을 띄우고 티 나지 않게 깊은 심호흡을 했다. 본론을 말할 차례다.

"저 그만둬야 할 것 같습니다."

"응?"

원장은 갑자기 의자를 돌려 앉았다.

"왜?"

"돈 더 많이 주는 곳으로 가야 할 것 같습니다."

"으응?"

갑자기 원장은 책상 앞으로 의자를 당겨 상체를 끌어당겼다.

"무슨 소리야, 갑자기."

"돈이 좀 필요해서 연봉이 좀 더 센 곳으로 알아봐야 할 것 같아요."

원장의 눈동자가 흔들리는 걸 보니 퍽 당황한 눈치였다. 그의 손은 책상 위 계약서 모서리를 쥐고 있었다.

"돈 때문에?"

"저 그래서 말인데요. 다른 건 괜찮습니다. 조건만 맞으면 계속 다닐 생각은 있는데 그게 역시 돈이 필요해서요."

이럴 땐 정공법을 쓰는 게 낫다는 걸 지난 일 년간의 짬밥으로 배웠다. 돈 이야기를 하려면 돌아서 갈 수 없다. 그리고 허를 찌르는 게 최고다. 상대방이 바로 대응하지 못하게.

"아니 그게 우리가 내규가 있어서 그렇게 더 막 올려주고 그럴 수는 없어…. 내 선에서 결정되는 게 아니라 품의를 이 사장님한테 올려야 하고 그러니까…."

어느덧 원장은 두 손을 마구 비비고 있었다. 그동안 운전기사로도 맘껏 부려 먹었는데 어디서 이런 인재를 찾겠는가? 쥐꼬리만 한 월급 받고 온갖 잡일 다하면서 절대 노라고 대답하지 않는 노예근성을 가진 이만한 인재를. 그러면서 한 손으로는 갑자기 뭔가를 막 적어 내려가기 시작했다. 하지만 큰 의미가 없는 행동이라는 걸 이미 알고 있었다. 건동이 우위를 점한 상태였다. 여차하면 그만두겠다는 의지를 보였는데 여기서 원장이 꺼낼 수 있는 카드는 별로 없었다.

"그…그러면…. 음…. 그냥 막 올려줄 수는 없어. 나도 명분이 있어야지. 음…. 그러면 데스크 직원이 그만뒀으니까 그 일도 같이 겸하면서 대신에 월급을 좀 올리는 건 어떤가?"

"그럼 지금보다 근무시간은 더 길어지겠네요?"

"그런 셈이지."

"얼마나 더 주실 수 있으세요?"

"뭐 그럼 그 직원이 받는 월급에서 일부…."

"천만 원만 더 얹어주세요."

"뭐?"

"그 친구 한 달에 110만 원씩 받아 갔잖습니까. 그건 수당이 포함된 게 아니니까 원래는 한 130만 원 정도 될 거고. 퇴직금도 있고. 또 4대 보험까지 하면 그 친구가 연봉으로 가져가는 금액이 1,800만 원 정도 되잖아요. 천만 원이면 적당하지 않을까요?"

건동이 강수를 뒀다. 사실 그 말을 곧이곧대로 들어줄 거라는 생각은 없었다. 일단 세게 불러야 한다. 그만둘 걸 각오

하고 뱉은 말이니 이렇게 던질 수 있는 거였다.

배팅.

“그렇게는 안 되지. 갑자기 천만 원이나 연봉을 인상하는 사례는 없어. 아무리 다른 직원 몫까지 한대도 당장 근무가 두 배로 늘어나는 건 아니니까 말이지. 내가 해줄 수 있는 건 300만 원 인상까지는 해줄 수 있어. 그러면 본사에 인력 감축하는 대신에 기존에 있던 직원이 연장 근무한다고 올리면 되니까.”

그러면서 원장은 건동의 반응을 살피는 눈치였다.

“원래 올려주시려고 했던 게 120만 원 정도잖아요. 그거 고려해서 500만 원까지는 제가 가능한데 그 이하는 힘들 것 같습니다.”

말을 마치자마자 건동은 거의 일어날 자세를 취했다. 엉덩이 끝만 떼면 당장이라도 나갈 태세.

“음…. 그래 그럼. 내가 500만 원까지 해줄게. 대신 평일은 지금보다 두 시간 더 일찍, 토요일은 두 시간 더 늦게. 풀로 주6일. 그렇게 해. 그럼 이야기 끝난 거야? 응?”

원장은 바로 나가도 좋다는 손짓을 해 보이며 아예 의자를 반대로 돌려 피했다.

“네. 알겠습니다.”

건동은 그렇게 원장실을 빠져나왔고 이제 공식적으로 명문어학원의 노예가 되었다. 하루 12시간, 주6일 근무.

'그래, 이 정도는 감수해야지.'

건동은 다시 한번 장밋빛 미래라는 걸 그리면서 두 주먹을 꽉 쥐었다.

Chapter 14. 이 모든 악연의 시작

한 차례 몰려든 폭풍우가 지나가고 어느덧 건동은 주6일 근무도 휴일 당직도 익숙해져 갔다. 고시를 준비하던 날들이 어느덧 꿈처럼 멀고 아득하게만 느껴지던 어느 날, 그는 문득 이 모든 일을 큰 어려움 없이 리듬을 타듯 헤쳐 나가는 자신의 모습을 봤다. 연봉을 대폭 올려 받은 탓에 일은 늘어났지만, 하루 12시간을 데스크 앞에 앉아 전화를 받고 아이들 등·하원 지도를 하고 학부모들의 욕받이가 되고 원장의 수행비서가 되는 걸 어느덧 자연스럽게 해내고 있었다.

그렇게 적응이라는 걸 하고 보니 다시금 욕망이 조금씩 샘솟는 걸 느낄 수 있었다. 아직 고시원 탈출은 하지 못한 그였다. 아직 강남에 제대로 된 집을 사지도 못한 그였다. 여기서 안주하기에는 이르다는 생각이 들었다. 그때 그의 관심이

향한 곳은 바로 유튜브 재테크 채널이었다. 그중에서도 부동산으로 한몫 잡을 수 있다는 전문가의 영상이 건동의 눈길을 끌었다.

"그러니까 여러분, 이런 이야기를 안방에 누워서 클릭 한 번이면 들을 수 있게 아니, 볼 수 있다는 게 얼마나 놀라운 일입니까. 원래 이런 건 천만 원씩 받고 컨설팅하던 건데 제 구독자분들이시니 이런 이야기까지 싹 다 풀어야죠."

역시나 맞춤 슈트를 깔끔하게 입고 옥스퍼드화를 신은 그는 자꾸만 재킷을 양손으로 쳐 뒤로 넘겨 보였다.

"아직도 강남에서는 절대 집 못 사신다고 생각하세요? 그건 그렇지. 10억은 있어야 한다는 말도 맞긴 맞지. 하지만 그런 데만 있나? 그럼 강남에 사는 사람들은 집에 뭐 막 10억씩 쌓아둔 사람이야? 그건 또 아니죠. 요즘엔 또 신축이 얼마나 많아요. 다 방법이 있다니까. 제가 이거 보여드릴게."

그가 화면에 띄운 건 어떤 사람의 등기부 등본이었다. 한 장이 아니었다. 주민등록번호나 주소 그리고 연락처 같은 건 다 모자이크 처리해놓았지만 분명 강남의 부동산 여러 채를 한 사람이 보유하고 있었다. 건동은 진짜냐고 댓글을 달려 했지만 아쉽게도 기능이 막혀있었다. 아마도 자칭 부동산 전문가가 댓글을 막아놓은 듯했다.

"흠…."

몇 편을 더 봤다. 그의 말발은 역시 수준급이었다. 화려하기만 한 게 아니었다. 옷차림은 말끔한데 말투는 반말과 존댓말을 섞어 구수했다. 대개 앉아서만 방송하는 다른 유튜버들과는 달리 화이트보드를 두고 마치 도올 선생이 강의하듯 서서 적고 표시하고 가끔은 주의를 환기한다고 마커를 던지거나 보드에 쾅 하고 내려치기도 했다. 그걸 보고 있자니 한 편의 쇼 같기도 했다. 러닝타임이 끝나가는 데도 눈치채지 못할 만큼 빨려 들어가는 흡입력이 있었다. 이후 건동은 매일 12시간의 파김치가 되는 근무를 끝내고 오면 씻고 바로 그의 영상을 보다 잠들고 또 출근하고 퇴근해서 다시 또 그의 영상을 보며 하루를 아니 일주일을 마무리하는 패턴을 반복하기에 이르렀다.

"요새 밤에 뭐 하세요, 실장님? 크크큭."

"왜? 내가 뭐?"

"아니 눈이 시뻘게요."

"아…. 그냥 유튜브 보는데. 그거 요새 재밌더라고."

"그건 그렇죠. 알고리즘이 장난 아니에요. 그거 아세요? 댓글마다 알 수 없는 유튜브의 알고리즘이 나를 여기로 데려왔다면서…. 자꾸 추천으로 뜨는 영상을 보다 보면 잠을 못 잔다니까요."

"아 그래? 주로 뭐 보는데?"

"저는 그냥 커버 영상 보는데요."

"커버 영상?"

"그 왜 유명한 노래를 따라 부르는 거요. 저는 주로 그거 봐요. 실장님은 뭐 보시는데요?"

"나? 나는 뭐 이것저것."

"이것저것 뭐요?"

"아…. 웃긴 거."

"뭐 유머 영상 같은 거 보시나 보다. 그것도 좋죠."

건동은 그렇게 말하고는 거짓말하는 자신에게 흠칫 놀라 등을 돌리고는 다시 할 일을 하기 시작했다. 이제 그는 어느덧 이론으로는 준전문가라고 할 수 있을 정도로 빠삭한 수준이 되었다.

'한번 특강에 가볼까?'

유튜브 전문가 채널에는 항상 공지가 올라왔다. 참가비를 받고 오프라인으로 특강을 여는데 가격이 꽤 비쌌다. 대신 질의응답을 하는 시간도 따로 있다고 했다. 하지만 지갑을 쉬이 열 수 없는 금액대 앞에서 항상 망설여졌다. 조금 나아졌다고 해도 여전히 적금은 거의 요원한 신세였으니까. 코딱지보다 조금 더 커진 월급으로 고시원비와 대출금 그리고 각종 공과금에 렌트비까지 내고 나면 거의 남는 게 없었다. 그나마 무료로 제공되는 밥과 국 그리고 라면이 아니었으면 식비 때문에 마이너스 신세를 면할 수 없었을 거다. 가끔 큰돈이 나갈 때면 리볼빙까지 슬금슬금 손을 대고 있어 1회 참석에 50만 원이라는 금액은 부담스러웠다. 하지만, 그 한번의 기회가 그의 인생을 바꿔놓을 수도 있었다. 다시 한번 제대로 점프 업을 할 수 있을지도 모른다. 그 생각만 하면 건동의 표정이 기묘하게 변했다.

'참자. 참자. 참자. 참자.'

그렇지만 생각과 행동은 반대로 움직였다. 어느새 건동 자신도 모르게 링크를 클릭해 참가신청서를 쓰고 거기에 적힌 계좌로 앱을 열어 돈을 이체했다.

'신청 확인되셨습니다. 다음 주 일요일에 뵙겠습니다.'

그는 그 말에 스마트폰을 가슴에 꼭 안고 누웠다. 그날 밤 꿈자리는 더없이 달콤했다. 하얀 종마를 타고 드넓은 평원을 달렸다. 건동은 이건 필시 길몽이라고 귀인을 만날 꿈이라고 생각했다.

사기술사

Chapter 15. 사기술사와의 만남 (1)

“저, 혹시 여기가 삼송빌딩 맞나요?”

“뭐? 건물 이름 대면 모르지. 주소를 대야 알지.”

“그게 주소가요….”

“젊은 청년이…. 스마트폰으로 확인해보면 되지. 참 쯧쯧.”

건동의 재킷 겨드랑이가 축축이 젖어왔다. 강의 시간은 코앞으로 다가왔는데 지금 다섯 번째 이 주위를 빙빙 돌고 있다.

“아 씨. 이 염병할 놈의 폰이!!!”

건동은 성질이 나 바닥에 스마트폰을 냅다 던지려 하다가 마지막에 흠칫 놀라 손을 거뒀다. 아직 할부가 24개월이나 남아있다. 돈을 아끼고 아끼다 보니 출시가 한참 지난 폰을 약정으로 살 수밖에 없었다.

“저 근데 진짜 그거 하실 거예요? 요즘 젊은 분들은 거의 그거 하시는 분 없어요. 효도폰이나 마찬가지인데?”

휴대폰 대리점 직원도 그를 극구 말렸다.

“아, 그게 그냥 이걸로 해주세요.”

“저 그러지 말고….”

“아뇨. 이걸로 할게요. 빨리해주세요.”

건동은 스마트폰을 손에 꼭 쥔 채 약정계약서를 달라고 한 손으로 손짓했다.

“어휴 고객님…. 참…. 후회하실 텐데….”

점원의 말은 들은 체도 하지 않았다. 그렇게 산 휴대폰인데…. 정말 그의 말이 맞았다. 얼마 지나지 않아 폰이 버벅거리기 시작한 거다. 비가 오는 날이면 내비게이션 작동이 잘 안되는 건 물론이고 위치추적을 켜두어도 지도상 파란 점은 그 자리에 못이라도 박힌 듯이 꿈쩍하지 않았다. 그러다가 아예 화면이 멈춰 버린 적도 여러 번. 껐다가 켜도 똑같았다. 울화통이 치밀었지만 그래도 평소에는 집과 회사만 오가니 참을만했다. 그런데 문제가 이럴 때 터진 거다. 건동의 인생 멘토를 만나게 될지도 모르는 이 시점에 말이다.

“아 씨. 이걸 어쩐다….”

그때 건동의 눈에 오래된 공인중개사사무소 하나가 눈에 들어왔다.

“저 혹시 삼송빌딩이라고 어딘지 아세요?”

“삼송? 주소는 모르고요?”

“네. 지금 휴대폰이 잘 안돼서요.”

“아이고 어떡한대? 주소라도 뭐 적어놓고 그런 건 없고?”

“그런 것도 없네요. 하하하.”

저도 모르게 웃음까지 나오는 지경에 이르렀다. 그때였다. 머리가 반쯤 벗겨지고 금색 뿔테 안경을 쓴 중년 남성이 공인중개사사무소 안으로 발을 들여놨다.

“오늘은 무탈한가?”

“아이고, 사장님 오셨어요? 그러게요. 무탈한 건 좋은데 정말이지 너무도 아무 일이 없네요. 진짜.”

사장이라 불리는 남성은 지정석이라도 되듯 나란히 두 세트씩 놓인 소파 중 하나에 몸을 던지듯 앉더니 한쪽에 놓인 커피믹스의 윗부분을 찢어 종이컵에 훌훌 털어 넣었다.

“참, 사장님. 여기 청년이 지금 주소를 몰라서 길을 헤매고 있다는데 혹시 삼송빌딩이라고 들어보셨어요? 사장님이면 알 것 같아서. 그래도 이 근방에서 40년 장사하셨으니까.”

“삼송? 알지. 아, 거기 가게?”

남성은 건동 쪽을 쳐다보며 말을 건넸다.

"네…. 제가 좀 급한데…. 지금 많이 늦어서요…."

"여기 길 건너서 사거리 쪽으로 쭉 올라가다 보면 제일 통통한 건물이 하나 있거든? 거기야."

"통통한 건물…이요?"

"가보면 알 거야."

건동은 허리를 숙여 양 무릎에 대었던 손을 떼지 않고 그 상태로 몇 초 더 있었다.

'망했네…. 저 말을 믿고 가봐? 아이, 어차피 못 찾아. 걍 한번 가보자.'

"네 알겠습니다. 사장님 감사합니다."

건동은 두 사람에게 고개를 애매하게 숙여 보인 뒤 길을 다시 나섰다. 건널목에 불이 켜지자 잽싸게 건너 사거리 쪽으로 뛰다시피 걸으며 건물의 이름을 하나하나 확인했다. 오 분여를 걸었지만, 삼송빌딩과 비슷한 이름조차 없었다. 그런데 정말 얄쌍한 빌딩들 사이에 층당 칠팔백여 평은 훌쩍 넘어 보이는 건물이 하나 눈에 들어왔다. 누가 봐도 일반 빌딩 두 개를 합쳐놓은 듯한 크기. 그 앞에 서니 현판에 삼송빌딩이라고 적힌 게 눈에 들어왔다.

"와~~씨. 진짜네. 감사합니다. 감사합니다."

건동은 두 손을 맞잡고 흔들었다. 그의 재킷은 이미 등판까지 젖어 겉에서도 티가 날 정도였지만 괘념치 않았다.

"저기요~! 저기요~!!!"

4층에 내려서자 접수 확인처라고 쓰여 있는 테이블을 정리하고 강의장으로 들어가는 한 여자가 눈에 띄었다. 옆구리에 낀 종이. 필시 참석자 명단인 게 분명했다.

"네?"

"제가 길을 찾다가 좀 늦어서요. 김건동이요."

급한 마음에 건동이 여자에게 바짝 다가섰다. 그때 땀 냄새가 확 끼쳤는지 여자가 손사래를 치며 뒤로 한 걸음 물러섰다. 건동의 얼굴이 벌겋게 달아올랐다.

"잠깐만요. 네, 있네요. 원래는 정시에 오셔야 해요. 중간에 들어가시면 강의에 방해되실 수 있어서 별로 안 좋아하시거든요."

"네네. 알겠습니다."

건동은 급한 발걸음을 재촉해 영화관에서나 볼 법한 큰 문을 양쪽으로 열어젖혔다.

"그러니까 잘 오신 거죠. 호재죠. 호재. 돈 있고 부자가 되실 마음의 준비가 된 분들한테는 호재죠. 안 그런 사람들은 죽었다 깨어나도 몰라. 원래 악재가 호재예요."

까랑까랑한 말투에 반말과 존댓말을 오가는 애매한 말꼬리. 유튜브로 봤던 영상의 그가 맞았다.

"저 얼른 들어오세요. 문 좀 꽉 닫아주시고요. 우리 이럴 시간 없잖아. 빨리 본론으로 들어가야지. 시간이 금 아닙니까?"

남자는 건동을 향해 얼른 문을 닫으라는 손짓을 해 보였다. 건동은 머쓱해져 허리를 반으로 접은 채로 빈자리를 향해 부리나케 이동했다.

"요즘에 그렇게 말을 하지 않습니까? 마용성이라고요. 들어는 보셨죠?"

"네에~!"

우렁찬 목소리가 곳곳에서 터져 나왔다.

'마용성?'

"근데 저는 강마성이라고 봐요. 여기 아니면 일단 눈을 주지도 마. 근데 또 제가 강남 전문 아닙니까. 그러니까 오늘은 거기서도 알짜배기만 썰 풀어드릴게. 혹시 필요하시면 막 적어도 돼요. 근데 녹음은 안 돼. 간혹 그거 막 풀어서 돌아다니는데 그거 저희 전담팀이 다 찾아내요. 그렇게 동의 없이 녹음하고 유포하면 다 벌금인 거 아시죠?"

"저 근데 강마성이 뭔가요?"

그때 건동은 번쩍 손을 들어 질문했다. 큰돈을 내고 어렵사리 왔기에 창피하긴 하지만 그냥 지나갈 수 없겠다는 생각에 용기를 냈다.

"아, 저기 지금 손드신 분이 질문하신 거죠? 잠깐 일어나 보시겠어요?"

그 말에 건동은 선뜻 몸을 일으켜 세울 수 없었다.

'나? 왜? 걍 말하면 되지.'

"네?"

"아이 별거 아니야. 걱정하지 말고 일어나 보시라고요."

그제야 쭈뼛쭈뼛 건동은 일어나 제자리에 섰다. 모든 사람의 시선이 그에게 쏠리는 게 느껴졌다.

"투자하신 지는 얼마나 되셨어?"

"투자요? 이번에 제대로 좀 해보려고요. 정보가 필요해서 왔습니다!"

건동도 모르게 대답에 힘이 들어가는 게 느껴졌다.

"이야 패기! 우리 사장님 장난 아닌데요? 우리 박수 한번 일단 치고 시작합시다."

그 말에 사람들은 손뼉을 치기 시작했다. 건동은 그 반응에 얼떨떨해 시선을 어디에다 두어야 할지 몰라 눈동자를 굴리고만 있었다.

"저 우리 사장님처럼 용기 있는 사람이! 모르는 건 모른다고 솔직하게 말할 줄 아는 사람이! 성공하는 겁니다아!"

그 말에 다시 한번 사람들이 손뼉을 치기 시작했다.

"성함이?"

"저요?"

"그러면 여기 누가 있어."

그 말에 사람들의 웃음이 터져 나왔다.

"김건동입니다."

"좋아. 사장님 아주 맘에 들었어. 김 사장님이라고 불러도 되지? 이제 투자할 거잖아."

너스레를 떨며 건동을 추켜세워 주는 게 싫지만은 않았다. 건동은 고개를 끄덕였다.

"그럼 이제 질문하신 거 제가 답변해드릴게. 이제 다시는 안 까먹게. 그쳐? 강마성은 강남이랑 마포 그리고 성동구를 말하는 거죠. 여기 세 지역 아니고는 거들떠보지? 마! 그 이야기인 겁니다. 왜인지도 설명해드려? 최근 몇 년 그래프를 딱 봐서 매수하고 매도할 때 차익이 큰 순서대로 키를 세웠단 말이지? 그랬더니 이런 순서가 딱 나온다는 겁니다."

말을 하는 동시에 그가 리모컨을 누르자 화면에 일목요연하게 정리된 그래프가 켜졌다. 그 와중에도 건동은 앉아야 할지 계속 서 있어야 할지 몰라 어정쩡한 자세로 있었다. 그러자 그 모습을 보고 있던 자칭 부동산 멘토는 손으로 앉으라는 시늉을 하고 이제 자신의 페이스대로 강의를 이어가기 시작했다.

"자 여기서 총알이 없어서 걱정이시라는 분들…. 참 그런 이야기 들으면 답답해요. 내가 아주 갑갑해. 여기가 콱 막혀

가지구…. 사실 내가 그런 분들까지 걱정해줄 필요 없잖아요? 근데 또 부동산으로 밥 먹고 사는 사람이니까 또 그런 지식 공유하면서 사는 사람이니까 제가 말씀드릴게요. 예를 들어서 햇반을 파는데 내일이면 가격이 10배쯤 오른다고 칠게요. 그다음 날에는 거기에 10배가 더 뛰고요. 그리고 햇반은 다 사려고 하는 물건이야. 그럼 지금 당장 주머니에 돈 없다고 안 사요? 사야지~. 빌려서라도 사야지~. 그리고 빌려준다는 사람도 쌔고 쌨다니까? 내가 뭐 사채 쓰고 옴팡 뒤집어쓰라는 이야기가 아니잖아. 그쵸? 합법적으로 제1금융권 있고 안 되면 제2금융권 있고 임대사업자 등록하면 또 되고 회사 다니면 회사 대출, 근로자 대출 다 있다니까요? 방법은 다 있어요. 그걸 모르는 것도 아닌 것 같아. 유튜브에 제 영상 검색해서 들어올 정도의 정성이면 됩니다. 아셨죠? 알면서도 안 사는 게 바보죠."

건동은 그의 말을 토씨 하나 틀리지 않고 다 받아 적었다. 국가고시 때보다 더한 집중력으로 마치 강의 요약을 하듯이 자기만 알아볼 수 있는 표까지 만들어 가며 적었다. 누군가 그의 노트를 들여다보면 마치 같은 반 제일 공부 잘하는 친구 노트를 빌려 가듯이 빌려 가고 싶어질 정도로.

"자 그럼 이제 마무리할까요? 더 할까?"

"네~~~!"

"미안해. 저 다음 스케줄이 또 있어요. 그럼 질문 딱 두어 개만 소화하고 정리할게요."

"저요~~~!"

"저~~~!"

나이도 체면도 잊은 듯 남녀 가릴 것 없이 있는 힘껏 손을 치켜들고 어떤 이는 일어서기까지 했다. 건동도 손을 들었지만 이랬다가는 뽑히지 않을 것 같아 필살기를 쓰기로 했다.

"저게 뭐야? 아하하. 아하하"

무대 위에 서서 마이크를 잡고 있던 멘토가 갑자기 배를 막 움켜잡고 웃기 시작했다. 눈물까지 흘려가며 껄껄대는 모습에 장내의 사람들은 당황한 눈치였다.

"왜 저래?"

"뭐지?"

그때 정신을 가까스로 부여잡은 멘토가 허리를 펴더니 두 손을 뒤로 가져다가 받혔다.

"잠깐만요…. 아 나. 아하하하하. 이런 경우는 첨이네. 놀라셨죠?"

멘토가 손짓하자 진행요원이 생수 한 병을 들고 무대 위로 급히 올라와 뚜껑을 따고 건넸다. 그는 두어 모금을 들이키더니 제법 진정이 된 얼굴로 다시 마이크를 잡았다.

"미안해요. 미안해. 많이 놀랐죠? 나도 놀랐어. 왜 웃었냐면…. 저기 어떤 분이 손을 든 것까진 괜찮은데 그 백화점 지하 주차장에서 안내해주시는 분들이 하는 것처럼 손을 흔들면서 돌리잖아. 제가 강의 5년째 하는 건데 저런 걸 한 번도 본 적이 없어. 나쁘지 않아. 얼마나 간절하면 그랬을까. 그럼 그분 질문 좀 받아볼까요?"

멘토가 그 손을 가리키자 진행요원이 들고 있던 여분의 마이크를 들고 그쪽을 향해 뛰어갔다. 그걸 건네받고 선 이는 바로 건동이었다. 사실 그는 이 방법을 종종 써먹고는 했다. 대학생이던 시절 수업 시간에 출석 체크를 위해 손을 들었다가 자신도 모르게 흔들었는데 그걸 본 교수님이 막 웃으셨던 것이었다.

"내가 너 친구냐? 뭐냐 그건. 푸흐흐흐흐흡."

오해를 살 수도 있는 몸짓이지만 효과적이라는 걸 안 그는 그 후로 행사에 참여하거나 시민을 뽑아 경품을 줄 때마다 그 방법을 썼다. 그리고 이 자리에서 질문의 기회를 놓치기 싫었던 건동은 다시 한번 필살기를 꺼낸 거다.

"안녕하세요, 저는 강남에 사는 김건동이라고 합니다."

"아~. 나 기억나. 아까 그분?"

"네. 맞습니다."

"자 그럼, 얼마나 간절하게 물어보고 싶은 게 있길래 그런 건지 한번 들어봅시다."

"아까 대출 그런 이야기 하셨잖아요? 그런데 만약 다른 매물을 이미 보유하고 있는 상태인데 쓸 수 있을 만큼 풀로 채워서 받았으면 그때도 방법이 있을까요? 기존의 매물이 잘 나가지도 않는 상태라서요…."

"지금 본인 이야기하시는 거 맞죠? 그것도 다 방법이 있지. 근데 제가 완전히 합법적인 거랑 약간 아슬아슬하게 선을 지키는 방법이 있는데 어떤 걸 알려드리면 좋을까? 음…. 일단 합법적인 거로 갈게요. 매도가 잘 안되는 물건을 전세로 놓고 그 자금에다가 여윳돈을 붙이거나 제1, 2금융권이 아닌 곳에서 대출을 좀 받아서 얹는 방법이 있어요. 그런데 문제는 차액이잖아? 어떻게 해서든 융통해야지. 그래서 그다음 방법을 추천해주고 싶은데…. 요건 이런 자리에서 말씀드리기는 좀 그래? 그쵸? 일단, 이 정도로만 하죠. 그리고 공개 강의에서 이 정도면 많이 풀어드린 거야. 더 궁금한 거나 컨설팅을 받고 싶다 하시면 아까 들어오실 때 보셨던 접수대 있죠? 거기 선생님이 잘 알려주실 거야. 자, 그럼 한 분만 더 질문을 받고…."

그 말이 떨어지기 무섭게 다시 수십 개의 팔이 쑥 하고 올라왔다. 하지만 건동은 이미 다음 질문에 대한 답변은 궁금하지조차 않았다.

'과연 그게 뭘까…. 불법은 아니라는 그 방법이…. 아 씨.

궁금해 죽겠네….'

건동은 질의응답이 끝나고 사람들이 퇴장할 때까지도 자리를 떠나지 않고 애꿎은 볼펜 뚜껑만 물어뜯었다.

"저, 강의 끝났는데요…."

진행요원이 허리를 숙여 그의 귓가에 속삭였다.

"어? 아…네. 나갈게요."

그제야 주섬주섬 물건을 챙겨 자리를 떴다. 사람들은 이미 다 내려간 모양인지 왔을 때처럼 로비가 텅 비어있다.

'아 멍때렸네…. 오늘 이상하네…. 근데 그 선생은 갔으려나?'

입구 쪽 테이블도 거의 다 치운 상태였다. 건동은 그렇게 포기를 하고 엘리베이터 쪽으로 발걸음을 옮기려 하는데 익숙한 여자가 보였다. 가지런히 머리를 말아 망을 씌운 여자. 그 사람이 틀림없었다.

"저~~ 저기요~~~. 저기요~~~. 잠깐만요!"

건동이 냅다 뛰며 크게 소리치자 여자가 뒤를 돌아봤다.

"저 잠깐만요."

그는 미끄러지듯이 달려가 그녀 앞에 섰다.

"네?"

"아까 강의 때 멘토님이 개인적으로 상담 받고 싶으면 문의하라고 하셔서요. 근데 제가 늦게 정리하고 나오는 바람에….”

“아, 그러세요? 컨설팅을 원하시는 건가요?”

“네!”

“그럼 날짜를 다시 잡아야 할 텐데…. 근데 지금 멘토님이 다음 스케줄이 있으셔서 저도 따라가 봐야 하는데 제가 명함 하나 드릴게요. 이쪽으로 연락해 주시고 사무실에 한번 들르세요. 제가 안내해 드릴게요.”

“아…네. 감사합니다.”

건동은 자신도 모르게 두 손으로 명함을 받았다. 그는 그걸 그대로 지갑 속에 넣고 두 번을 땅땅하고 두들겼다. 돌아오는 길에도 그 생각을 떨칠 수가 없었다. 궁금증에 대한 해답이 지갑 속에 들어 있는 것처럼 자꾸 쳐다보게 되었다.

‘그래, 좀만 가면 집에 도착하니까 그때….’

공영주차장을 빠져나와 왕복 8차선 도로를 타고 좌회전해서 이제 직진으로 쭉 가면 되는데 건동은 차선 세 개를 가로질러 도롯가에 차를 세웠다. 재빠르게 지갑을 열어 명함을 꺼내 번호를 누르고 통화버튼을 눌렀다.

“저 아까 상담 문의드린 사람인데요. 그 컨설팅이요. 내일 찾아가고 싶은데 가능할까요?”

그날 밤, 컴컴한 어둠 속에서 건동은 그 생각에 취해 있었다.

'아슬아슬하게 넘나들긴 하는데… 가능한 방법이 있죠.'

"아슬아슬하게 넘나들긴 하는데… 가능한 방법이 있다고…."

그는 얇은 칸막이 너머로 소리가 들릴까 최대한 소리를 줄여 그 말을 따라 하는 것만큼은 잊지 않았다.

Chapter 16. 사기술사와의 만남 (2)

“김 사장님 맞으시죠? 이쪽으로.”

여자는 건동이 문을 열고 들어서자마자 확인도 하지 않고 일어서 눈웃음을 치며 크게 반긴다. 오늘도 역시 하나로 올려 망을 한 머리를 하고 있다.

“아…. 네.”

건동은 쭈뼛쭈뼛하며 그녀의 뒤를 따라 회의실 안으로 들어간다. 사면이 불투명한 유리로 되어있고 가운데는 동그란 원형 탁자와 의자가 놓여있고 안쪽으로는 책상 하나와 안락의자가 마주 보는 형태다.

“커피 한 잔 드릴게요. 진하게 연하게, 아니면 믹스? 근데 믹스 드실 것 같지는 않은데. 젊은 사장님~.”

여자는 콧노래를 부르듯 끝을 올려 말을 건넸다.

"아. 그럼 전 아메리카노 연하게 한 잔 주세요."

"접수! 멘토님은 금방 오실 거예요. 잠시만 기다리세요."

건동은 그제야 무릎 위에 가지런히 올려놓았던 두 손을 내리고 등을 의자에 비스듬히 기댄 채로 편히 앉았다. 실장이 가져다준 커피잔을 양손으로 감싸며 홀짝홀짝 들이키고 있던 그때 익숙한 얼굴이 회의실 안으로 들어섰다.

"아이고~. 김 사장님 오셨어요? 실장한테 이야기 들었어요. 야, 이렇게 보니까 기억납니다. 어제 강의 오셨었죠?"

건동은 어정쩡한 자세로 유튜브 부동산 멘토 차일수가 내민 손을 잡고 악수를 했다.

"편히 앉으세요. 앉으라니까~. 제가 늦거나 그러진 않았죠?"

둘이 사적으로 만난 건 이번이 처음이지만 차일수는 친근하게 말을 걸었다. 여전히 반말과 존댓말을 섞었다. 달라진 건 말하는 사이사이 건동의 어깨나 등을 살짝살짝 치거나 만지는 것뿐.

'내가 너무 어색하게 굴었나? 너무 딱딱했나?'

그러면서 건동은 자연스레 몸에 잔뜩 들어간 힘을 풀었다.

"그래요. 내 돈 별로 안 들이고 합법적으로 투자하는 방법을 알고 싶으시다고? 컨설팅 신청하셨다고 들었는데?"

"아 네. 맞습니다. 어제 강의를 들으러 갔는데 그때 잠깐 지나가는 말로 하셨던 거 있잖아요. 그게 좀 궁금해서요."

"그냥 궁금한 정도로는 이렇게 컨설팅까지는 안 받으셨을 것 같은데?"

"부동산으로 뜻이 좀 있어서…."

건동은 손을 올려 쓱 옆머리를 다시 한번 매만졌다.

"어느 정도를 보고 계시는데?"

"어느 정도라뇨?"

"아니 수익률. 그게 오시는 분들의 니즈가 참 다양하다 보니 거기에 맞춰서 말씀드리는 내용도 다 다르고. 제가 김 사장님이 어느 정도의 수익률을 원하시는지, 이 부동산 투자로 이루고자 하는 목표가 뭔지를 일단 알아야 밑그림이 쫙 그려지거든요. 사실 강의야 많은 분이 오시니까 하나하나 맞춰서 이야기해줄 순 없단 말이야. 그래서 이렇게 컨설팅해드릴 때는 어느 정도 기본적인 정보를 제가 좀 알아야 제대로 도움을 드릴 수 있거든."

말을 마치며 차일수는 손을 들어 건네는 시늉을 해 보였다.

"아…. 제가 실은 작게 빌라를 하나 가지고 있는데 그거 말고 좀 큰 꿈을 품고 있어요. 조그맣게 하려는 건 아니고 부동산 투자로 좀 번듯하게 크게 일어서려고요."

건동은 말을 훅하고 뱉어놓고도 그 말을 남에게 입 밖으로 한 것이 처음이라는 생각에 당황스러웠다.

"좋아!!! 좋습니다!!!"

차일수는 거기까지 듣더니 손을 들어 손뼉을 쳤다.

"좋아요. 이렇게 김 사장님이 속을 딱 털어놓고 말씀해주셔야 저도 제대로 밀착 마크해서 알려드릴 수 있지."

"근데 문제는 제가 그 빌라에 돈이 묶여있고 그마저도 대출을 좀 받은 상태라 유동자금이 얼마 안 돼요. 실은 거의 없다고 보면 됩니다. 그래서 좀 더 돈을 마련할 때까지 투자는 미룰까 했는데 어제 그 강의에서 하신 말이 너무 뇌리에 딱 하고 박혀서요. 정말 가…능한가요?"

"아 그거요? 그럼요. 안되면 내가 그거 왜 말했겠어. 그럼 완전 말짱 거짓말쟁이지. 방법은 있는데 이게 합법은 맞는데 아무나 알려줄 수 있는 건 아니고 또 개인적으로 결이 맞아야 하니까…."

"그럼 저 그 이야기 좀 자세히 들려주세요. 어떤 방법인가요?"

"그게 말이죠. 지금 김 사장님처럼 젊으신 나이에 부동산으로 일어서려고 하시는 분들은 다들 깨어있으신 분이야. 정말 존경해. 그런데 아무래도 쩐이 부족한 경우가 많아요. 그럼 방법이 없느냐? 그건 아니지. 왜냐면 내가 이 바닥에서 잔뼈가 좀 굵어. 나만 그런 게 아니라 형도 이 일을 해요. 그러다 보니 듣는 소스가 참 많아. 나만 알고 있기 아까울 정도라니까? 그래서 이렇게 컨설팅하러 오셨을 때 이야기를 좀 나눠보고 맞겠다 싶으면 알려드리지. 또 이걸 동네방네 막 퍼뜨리고 싶진 않아. 이것도 하려고 하는 사람이 꽤 많거든요."

"아…. 그래서 그 방법이 뭐죠?"

"그게 이를테면 일반인들은 이미 지어진 건물을 산 뒤에 차익을 남기려고 하는 거잖아요? 근데 그러면 돈이 일단 있어야 해. 아무리 전세를 끼고 거래해도 총알이 좀 있어야 하잖아요? 그런데 건물이 지어지기 전에 선점하면 그럴 필요가 없어. 왜냐면 건축업자들이랑 딜을 하는 거잖아. 그리고 빌라라는 게 부르는 게 값이고, 가치를 평가할 수가 없어. 내가 매기면 된다니까?"

"네. 그래서요?"

"그래서 분양하기 전에 일단 집을 김 사장님 앞으로 계약서를 쓸 거예요. 그런 다음 바로 전세를 놓을 거야. 그러면 돈이 들어오겠지? 그걸 김 사장님이 갖는 게 아니고 건축주한테 주면 돼요. 물론 수수료는 좀 제하고."

"그럼 어쨌든 쌈짓돈은 필요한 거 아니에요?"

"에이~ 아니라니까. 여기서 포인트는 돈 한 푼도 안 내고 오히려 김 사장님이 돈을 가져가는 거지. 건 바이 건으로 김 사장님한테 오백씩 드린다니까. 여기서 조금 아주 조금 불법까지는 아니고 영리하게 이용해서 계약서를 쓸 건데 매매가를 조금 다르게 쓸 거야. 어차피 김 사장님은 돈 자체를 투자할 필요가 없다니까? 5억 9천짜리를 말이지 업 계약서를 써서 6억 천에 전세를 줄 거야. 그런 다음 오백은 김 사장님한테 쏠게. 어때요?"

"음…. 그러니까 매매계약서는 쓰지만 실제로는 제가 돈을 미리 드리는 게 아니네요? 그럼 명의를 빌려주는 것 같은 거죠? 그럼 취득세 같은 건 어떻게 처리해야 하나요?"

건동의 머릿속이 살짝 복잡해졌다.

"취득세가 한 육칠백은 나오는데 내가 오백을 받으면 그 돈은 아예 없어지는 거고 세입자가 나가겠다고 하면 어쨌든 돈을 돌려줘야 하는데…. 그럼 어떻게 되는 거죠?"

"오백 주는데 취득세까지 내라고 안 하지. 그것도 알아서 대납해 드릴 거야. 그러니까 김 사장님은 돈이 하나도 필요가 없어. 무조건 집이 생기는 거야. 자기 명의로 말이지. 손해 볼 게 없어요. 그리고 강남에서 신축에 전세면 세입자가 안 뜬다니까? 그 문제도 당연히 공인중개사사무소에서 해결해 주고요. 이건 엄연히 팀플레이야. 셋이 같이 잘 맞춰서 하는 비즈니스라고. 그런 건 걱정 안 해도 돼요."

"아…. 그래요?"

“그렇다니까? 그 공인중개사사무소도 우리 쪽 사람이니까 다 알아서 세팅해드리고 젤 좋은 조건으로 차려드리지. 내가 이거까지는 말 안 해줘도 되는데 이게 한번만 거래하고 끝이 아니라니까? 이렇게 해서 부동산 부자 되신 분 많아. 집 생기지, 앉아서 돈 벌지 뭐 그런 셈 아니겠어? 그리고 빌라 가격이 오른다 싶으면 매매해서 차익 챙기고. 이만한 재테크가 어딨어. 김 사장님. 생각해볼 것도 없다니까?”

“그런데 이런 방법을 아는 사람이 별로 없다는 게….”

“이런 건은 우리 업계 사람들 안에서만 돈다니까? 아무래도 합을 맞춰야 하는데 괜히 피곤한 어중이떠중이들 오면 피차 괴롭고. 그나마 이 방법도 모르는 사람들이 천지야~. 건동 씨 오늘 이렇게 온 게 아주 노난 거라니까? 게다가 어제 그 인상이 얼마나 강렬했던지. 말도 이렇게 나눠보니까 잘 통하고. 또 내가 젠틀한 사람 좋아해.”

“아 그래요?”

“그럼. 그리고 나는 건동 씨 그 포부가 참 맘에 들어. 남자답잖아. 한 방이 있어야지. 빌빌거리고 사는 게 사는 거야? 요즘 회사 다녀가지고는 내 집 마련도 어려운데 벌써 건동 씨 아 아니…, 김 사장님 나이 30대에 자수성가하는 거지. 부모님이 얼마나 자랑스러워하시겠어? 그리고 또 친구들 사이에서는 부러워서 우와~. 다 그 맛으로 사는 거지. 폼 나게.

그치?"

"그럼요. 그죠."

'부모님이 얼마나 자랑스러워하시겠어? 자수성가…. 친구들 사이에서는 부러워서…. 그치…. 그런 거지….'

차일수가 한 말은 어쩐지 건동의 뇌리를 떠나지 않고 계속 해서 에코처럼 맴돌기만 했다. 그리고 그 말을 떠올릴 때마다 온몸에 불이 활활 붙는 것 같았다. 눈마저 충혈될 정도로.

"그럼 이거 할 거지?"

"그럼요. 해야죠."

"그럼 약속 잡아? 미팅하고 매물 바로 보고 계약하게?"

"그럼요. 해야죠."

"아이. 김 사장님이랑 말이 잘 통해. 척하면 척이고. 내가 그럼 이야기해 놓을 테니까 연락 가면 받아요. 실은 나도 김 사장 보면 예전 내 모습 보는 것 같아서 더 알려주고 싶고 잘 되었으면 좋겠고 막 그러네?"

차일수는 흐뭇한 표정으로 건동의 어깨를 토닥거렸다. 건동은 그런 그의 양손을 잡고 흔들었다.

"하하하. 좋네."

건동은 대답 대신 웃음으로 화답하고 자리를 떴다.

"저기요. 이 냄새 때문에 죽겠다니까요? 문 좀 닫아놓으세요. 쫌!"

"아니 그럼 뭐 내 돈 내고 사는 데 암것도 하지 마요?"

"하고 싶은 대로 하고 살 것 같으면 여기서 이럴 게 아니라 원룸으로 가셔야지."

고시원으로 돌아오자마자 건동의 눈에 제일 먼저 들어온 건 냄새 문제로 박 터지게 싸우는 아저씨들이었다. 한 사람은 365일 문을 열어놓고 빨랫감을 줄에다 걸어놓는 데 문제는 물 냄새가 진동한다는 것. 건동도 그게 거슬리긴 했다. 그래도 출근을 하고 하루의 대부분을 학원에서 보내는지라 크게 신경을 쓰진 않았는데 다른 누군가가 폭발을 한 것이었다. 평소 같았으면 건동도 덩달아 짜증이 났을 거다. 하지만 그의 마음은 이제 사뭇 달랐다.

'병신들이야 병신들~. 왜 그러고 사냐? 크크크.'

옥신각신하는 둘에 강제 소환된 실장까지 엉켜 한 덩어리가 복도를 가로막았고, 건동은 그 옆을 지나가며 콧노래를 불렀다.

"에라이~ 에라이~."

그 소리에 세 사람이 그를 쳐다보지만 건동은 아랑곳하지 않고 두 손가락을 이마에 대었다가 떼며 인사를 건네고 방으로 유유히 돌아갔다.

Chapter 17. 이까짓 수모쯤이야

다음 날, 알람이 울리기도 전에 건동은 잠에서 깼다. 그 전까지와는 아주 다른 느낌이었다. 매일 아침 물에 젖은 솜처럼 무거웠던 몸이 가볍게 느껴졌다. 이상한 기분에 손과 팔을 휙휙 돌렸다.

'오오!'

지체할 것도 없이 자리에서 일어나 이부자리를 정리했다. 처음 고시원에 온 날 집 앞 마트에서 샀던 분홍색 꽃무늬 이불은 어느덧 가장자리가 헤져있었다. 그게 눈에 띄었다. 그런 적은 처음이었다.

"이게 이랬나?"

고시원 세탁기는 아주 오래된 통돌이인데다가 여러 사람이 돌아가면서 쓰기 때문에 늘 급속으로만 빨래를 할 수 있었다. 표준으로 맞춰놔도 자리를 비운 사이 다른 이가 모드를 바꾼다. 암묵적인 룰이었다. 그러다 보니 빨랫감 불리기는 사치요 완벽한 탈수는 낭비였다. 빨랫감을 들고 방으로 와 문과 벽 사이 그러니까 정확하게는 공중에 매달린 줄에 그걸 널어놔야 했기에 언제나 이불은 반의반으로 접어서 걸어 말려야 했다. 그러다 보니 덜 말라도 그냥 덮어야 하는 일이 부지기수. 그 와중에 여벌의 이불을 들여다 놓을 공간도 없어 주야장천 한 이불만 덮다 보니 어느덧 보풀이 달리고 가장자리가 해진 거다.

'아…. 내가 진짜 왜 이러고 살았지?'

고개를 드니 이 방의 누런 벽지도 거슬렸다. 군데군데 울은 흔적을 보니 마음이 심란해졌다.

'내가 이렇게까지?'

그렇게 생각하던 건동은 얼른 씻고 돌아와 짐만 챙긴 뒤 방을 떴다. 운전하며 학원으로 향하는 길에는 그동안 자신이 살아왔던 발자취에서 쿰쿰한 냄새가 나는 것만 같아 마음이 무거웠다. 몸은 가볍고 마음은 무거웠다. 얼룩진 벽지와 해진 이불을 떠올리는 것만으로도 몸서리가 쳐졌다.

'얼마 안 남았어. 제대로 보여주겠어.'

"어~ 그래~. 잠깐만 너 나 좀 보자."

자리에 앉아 겉옷을 벗어 의자에 걸자마자 원장이 로비로 들어섰다. 건동을 곁눈질로 한번 보더니 턱 끝으로 원장실을 가리켰다.

"네에."

건동은 자신도 모르게 부아가 치밀었다.

'확! 턱 끝으로 부르고 지랄이야. 내가 지 몸종이야 뭐야. 아우 저 새끼.'

원장이 자신을 하대한다는 걸 잘 알고 있었다. 그런데 오늘따라 화가 났다. 분노가 바닥에서 이글이글 끓어올랐다.

"너 오늘 바쁘냐?"

"오늘요?"

"…."

건동은 원장의 말에 담긴 저의를 계산해서 시간을 벌며 대답을 생각하고 있었다. 바쁘다고 하면 뭐가 바쁘냐고 면박을 줄 것이고 바쁘지 않다고 하면 뭔가 귀찮은 일을 시킬 것만 같았다.

"바쁘긴 바쁘죠."

"그래? 바쁘긴 바빠?"

"네? 아니, 그냥 아이들 하원 지도도 해야 하고 기물 체크도 하고 이것저것…."

"그래서 바쁘다?"

"아…. 아닙니다."

"너 저기 교대 부설초등학교 어딨는지 알지?"

"교대 부설초등학교요?"

"그래, 교대 부설초등학교. 거기 가서 픽업 좀 해."

"픽업이요? 누구를요? 언제요?"

"가보면 아는 거지 뭔 말이 그렇게 많아?"

"픽업해서 어디로 데려다주면 되는 거예요?"

"픽업해서 우리 원으로 데려오면 돼. 내 딸이야."

"네? 갑자기 왜?"

"뭐 그럼 너한테 허락이라도 받아야 하냐? 이 새끼 오늘따라 이상하게 꼬치꼬치 캐묻네. 말대꾸도 따박따박?"

건동은 그쯤에서 그만 입을 다물어야겠다고 생각했다.

"네. 그러면 등원 지도는?"

"그건 내가 부장한테 말해놓을 테니까."

"네. 알겠습니다."

'내가 저 새끼 저럴 줄 알았어. 지가 가면 되지. 왜 나를 시켜?'

건동은 속으로 툴툴대며 원장실을 빠져나왔다. 그때까지만 해도 그는 몰랐다. 새로운 루틴이 시작될 거라는 걸.

"아저씨."

"아, 네가 순지야?"

"네. 아빠가 아저씨 차 타고 오랬어요."

사립초등학교 교복을 갖춰 입고 타이즈를 신은 아이는 제법 귀여웠다. 동글동글한 얼굴에 귀염성 있는 이목구비 그리고 전체적으로 가녀린 선이 동갑내기 아이들에게 인기가 있을 것 같았다. 약간 컬이 들어간 머리를 포니테일로 묶고 새침한 표정으로 옆자리에 앉았다. 그러면서 빤히 건동을 쳐다봤다.

"왜? 뭐 묻었어?"

"아뇨."

하지만 순지는 시선을 거두지 않았다. 오히려 뭔가를 기다리는 듯이 발을 쭉 뻗어 동동거렸다.

"왜?"

순지 역시 왜? 라는 표정으로 그를 빤히 쳐다보다가 시선을 옆으로 옮겼다. 안전띠를 매어 달라는 거였다.

"이거?"

그러자 순지는 대답 대신 고개만 가만히 끄덕였다.

건동은 순간 아니꼽고 치사하다는 생각을 거둘 수 없었다. 아비가 상전인데 자식새끼도 상전이라는 생각이 드는 동시에 자신을 대하는 태도가 아랫사람을 부리는 데 아주 익숙해져 있는 것 같았다.

"너 혹시 예전에도 이렇게 차 타고 이랬어?"

"네. 아저씨 말고도 딴 아저씨도 그랬고요. 그 전 아저씨도 그랬고요."

그제야 건동은 미스터리가 풀리는 듯했다. 검증이 되지 않은 이를 자기 자식의 운전사로 쓸 수 없으니 시간을 두고 괜찮다 싶으면 그 일까지 맡기는 듯했다. 거기까지 생각이 뻗치자 코웃음이 절로 났다.

"치~."

순지는 건동을 힐끗 보더니, 스마트폰을 꺼내 게임을 하기 시작했다.

"자, 이제 도착했다. 내리자."

"…."

순지는 또다시 가만히 기다리고 있었다. 건동은 잠시 생각에 빠졌다가 이내 알아듣고는 안전띠를 풀어 줬다. 그러고는 아이를 데리고 건물 안으로 들어가 엘리베이터를 타고 원까지 도착하기까지 걸린 시간은 불과 십여 분 남짓. 순지는 고맙다고도 하지 않았고 건동 역시 아무런 말을 먼저 걸지 않아 둘 사이에는 침묵만 흘렀다. 그렇게 도착해 그는 자기 자리로 돌아가 앉았다. 하지만 순지는 여전히 데스크 앞에 어정쩡하게 서 있었다.

"저 친구 누구? 지금 수업 이미 시작했을 시간인데…. 레벨

테스트 받으러 온 거예요?"

새로 온 막내 여직원이 당황해서 일어나 말을 걸었다.

"아냐. 아냐."

건동은 그녀를 만류한 뒤 순지를 다시 쳐다봤다. 순지는 여전히 뭔가 할 말이 있지만 먼저 꺼내지는 않겠다는 투로 이제는 발끝으로 바닥에 원을 그리며 서 있었다.

"왜? 아빠한테 가는 거 아니야?"

그러자 순지는 대답 대신에 손가락으로 원장실 쪽을 가리켜 보였다. 건동은 기가 찼다. 아랫것 부리는 피가 유전이라도 되어서 흐른다는 생각이 들었다. 그는 얼른 자리에서 일어나 앞장서 순지를 원장실 문 앞까지 데려간 뒤 노크했다.

"들어와."

문을 빼꼼 열고서는 건동이 자리를 비켜주자 순지는 원장실 안으로 뛰어 들어갔다. 한번도 자기 자리에서 몸을 일으키거나 움직인 적 없던 원장은 아이를 보자 벌떡 일어나 안더니 번쩍 들어 뽀뽀했다.

"우리 딸 왔어? 어이쿠. 수고했어."

"아빠 보고 싶었어."

"그랬어? 아빠도 우리 딸 너무 보고 싶었어."

다정하게 아이의 머리를 쓰다듬고 다시 안고 하는 모습을 바라보고 있었다. 그 둘은 이미 건동을 잊었나보다. 아니 건동이 거기에 있지 않다는 듯이 행동하고 있었다. 그는 슬며시 문을 닫고 아무런 말도 남기지 않고 빠져나왔다. 그 긴 복도를 걷는 동안 속이 울렁거림을 느꼈다. 왠지 모르게 거북하고 불편한 기분이 가시질 않았다. 마치 상사 둘을 갑자기 모시게 된 듯하기도 했고 자신의 자리가 갑자기 아래로 더 추락한 것 같기도 했다. 고개를 좌우로 흔들면서 건동은 그렇게 원래의 자리로 돌아왔다. 자동문 앞 누구에게나 훤히 보이는 그 자리. CCTV에 일거수일투족이 찍히는 그 자리로.

"내가 더럽고 아니꼽고 치사해서라두! 성공! 하고 만다! 어? 알았느냐~!!!"

건동은 그날 저녁 시간에 옥상에 올랐다. 누가 쳐다보든 말든 신경도 쓰지 않고 막 토해냈다. 조금 더 빨리 집을 사야겠다. 조금 더 빨리 돈을 벌어야겠다. 조금 더 빨리 위로 올라가야겠다는 조급함과 확신이 생겼다.

"실장~. 이거 좀 해서 줘."

"이게 뭐죠?"

"너 공부 좀 했다며. 이 정도는 쉽지?"

"이게 뭔데요?"

다음 날, 원장은 더 길게 말하고 싶지 않은 듯 유인물과 노트 한 권을 건동의 자리에 던졌다.

“다음의 지정 도서를 읽고 독후감을 제출한 학생들을 대상으로 (중략) 가장 많은 책을 읽고 양질의 글을 써낸 학생에게는 표창장을 수여합니다.”

그 뒤로는 청소년이 읽어야 할 도서 목록이 첨부되어 있었다. 총 50권이었고 기한은 한 달로 적혀있었다.

“이걸 왜 저한테?”

“아…. 그게 너 공부 많이 했다며. 이것 좀 읽고 몇 편만 써서 가져와 봐.”

“근데 왜 이걸, 왜 제가???”

말을 할수록 손해를 보는 기분이었다. 이유를 물을수록 수렁으로 빠져드는 기분이었다.

“야 이 새끼야. 너는 내가 뭐 일일이 다 설명하고 말하고 그래야만 알아듣고 움직이냐? 아 나 이 새끼 오늘 자꾸만 입 아프게 하네. 아이 진짜 짜증 나서….”

어느덧 원장의 얼굴이 새빨갛게 달아올랐다. 그는 한 손으로는 목덜미를 잡으며 인상을 있는 대로 썼다.

“그러니까 이걸 제가??? 네??? 원장님 저 시간이….”

“새끼야! 알아서 하라고. 내가 언제 시켰어? 알아서만 해. 알았지. 이번 주까지 내 책상 위에 가져다 놓든 말든 알아서 하라고 어?”

원장은 그렇게 소리를 빽 하고 지르더니 사라져 버렸다.

건동은 마른벼락이라도 맞은 듯한 기분이었다. 기가 막혀 원장이 떠난 자리를 눈을 부릅뜬 채로 쳐다보고 또 쳐다보고만 있었다. 어디까지가 자신이 해야 할 일이고 아닌지 가늠이 되질 않았다. 이 일을 해야 할지 말지는 판단을 미뤄놓은 채 머릿속으로 계산기를 두드렸다. 마이너스와 리볼빙 사이를 여전히 오가는 그였다.

'아오!!!'

그때 사방이 유리로 된 사무실 안에서 부장이 나와 건동 쪽으로 서둘러 다가왔다.

"실장님, 오늘 하원 지도는 내가 할게. 여기 있어도 돼."

"네? 부장님이 직접 하시게요?"

"아니 오늘만…. 아니 뭐 또 일 많으면 도와주고…. 그래야지. 우리 사이에…."

부장은 애매한 미소를 짓고 있었다. 원장이 무엇을 시켰는지 건동과 무슨 이야기가 오갔는지 어떤 상황인지 아는 듯했다. 아니 실은 그녀가 애초에 거짓말하지 않았는가. 그냥 관리만 하면 된다고. 이런 역사가 하루 이틀 지속되어 온 게 아닐 텐데. 이런 광경을 처음 본 게 아닐 텐데. 그만두기 힘든 사람을 후보로 올리고 구워삶아서 계속 다니게끔 하는 게 그녀의 또 다른 업무였다. 그런 점에서는 그녀에게도 사기를 당한 꼴이리라.

'참으로 지랄 같네.'

하지만 건동은 그 자리에서 시원하게 거절할 수도 그만두겠다고 할 수도 없었다. 이제 수모의 날은 얼마 남지 않았다. 건물주가 되게 해주겠다는, 돈을 오히려 받으면서 집을 가질 수 있게 해주겠다는 차일수의 말이 떠올랐다. 그걸 위해서라도 지금 이렇게 물러설 수는 없었다. 지금의 상황을 유지하고 빨리 높은 곳으로 점프해야 했다.

"네. 알겠습니다. 고맙습니다."

건동은 노트와 유인물을 당겨 잡으며 답을 했다. 교수부장은 고개를 끄덕이며 자기 자리로 돌아갔다. 그날부터 십 년 고시하며 쌓아온 독해력과 문장력으로 청소년 권장 도서를 읽고 초등학생의 독후감을 대필하며 하원 지도 시간을 보냈다. 어렵지는 않았다. 다만, 책을 한 장 한 장 넘길 때마다 한 자 한 자 써 내려갈 때마다 쓴맛이 혀끝까지 전해져 왔다. 그와 동시에 퇴근 후 그는 자신의 노트에 청사진을 하나 써 내려가기 시작했다.

'제목 : 일 년 안에 강남 대박 집주인 되는 법'

그때만큼은 쓰는 손이 가볍고 빨랐다. 입가에 달달한 미소가 흘러넘쳤다. 이제 준비는 거의 끝났다. 실행만이 남았다. 그때가 되면 원장에게 똥물을 한 바가지 뿌려주고 학원을 그만둘 생각이었다. 치욕과 굴욕이라는 똥물 말이다.

Chapter 18. 액셀러레이터를 밟다

"이쪽으로."

자칭 타칭 부동산 멘토 차일수가 앞장서 안내를 직접 해줬다. 10층짜리 건물에 두 층을 통으로 쓰는 프라이빗한 일식집이었다.

"차일수요."

이름을 대자 일본풍의 의상을 갖춰 입고 머리를 하나로 말아 쪽을 진 종업원이 게다를 신고 나왔다. 뒤를 따라 긴 복도를 따라가니 맨 왼쪽 룸의 문이 살짝 열려 있다. 그 사이로 미리 온 사람의 앉아있는 뒷모습이 보였다.

"실례하겠습니다."

문을 활짝 열어젖히자 뒤로 돌아앉은 사람이 고개를 돌리더니 반색하고 일어선다.

"오셨어요? 우리 실장님? 일찍 도착하셨네."

친형이라는 걸 아는데 굳이 실장님이라고 호칭하는 차일수. 차영수는 기획부동산 매물만 거래하는 업자다. 차일수가 소개한 고객에게만 특별한 매물을 소개한단다.

"늦지 않게 와야죠."

꼬박꼬박 존댓말을 쓰며 악수까지 청하는 차영수. 모르고 보면 그 둘은 형제라고 상상하기 어렵다. 일단 외모에서 풍기는 느낌이 전혀 다르다. 차일수가 서글서글하면서 너스레를 떨 줄 아는 능글맞은 인상이라면 차영수는 은테 안경을 쓴 모습에서 이지적인 느낌이 풍긴다. 선 자체도 둥글기보다는 얇게 딱 떨어지는 게 약간 차가워 보이기까지 한다. 하지만 뭔가 일 처리를 깔끔하게 할 것 같은 느낌이 큰돈이 오가는 이 일과 어울리는 듯도 하다.

"이쪽은 김 사장님."

"안녕하세요. 차영수입니다."

"안녕하세요. 김건동입니다. 말씀 많이 들었습니다."

"김 사장님, 앞으로 그냥 차 실장이라고 편하게 부르면 됩니다. 이미 제가 다 말해놓고 세팅도 딱 끝내놔서 편하실 겁니다. 하하."

"앉으시죠."

차영수가 창가 쪽 자리를 손으로 가리키며 앉으라는 시늉을 했다. 건동은 혼자 앉고 둘은 나란히 붙어 반대편에 앉았다.

“제가 식사를 그냥 알아서 좋은 거로 세팅해달라고 할게요. 괜찮죠?”

“아 네. 그럼요.”

차일수는 이런 자리가 처음이 아닌 듯했다. 종업원이 주문받는 타이밍도 기가 막히게 잘 알고 있었고 메뉴판도 들여다보지 않고 주문했다.

“여기가 그렇게 좋은 건 아니지만 나쁘지도 않아요. 이렇게 캐주얼하게 비즈니스 이야기 나누기에는 괜찮죠. 이렇게 셋이 만나는 건 오늘이 처음이니까 약소하게 부담 없게 가고. 다음에 계약 딱 하셔서 건물주 되시면 그때는 제대로 한번 가시죠.”

차일수는 말을 함과 동시에 차를 직접 따라줬다.

“아이고. 이렇게까지 안 해주셔도 되는데….”

건동도 모르게 두 손으로 잔을 감싸서 받았다. 이 모든 상황을 차영수가 처음부터 끝까지 꼼꼼하게 지켜보고 있었다. 마치 게임을 관전하듯 한 발짝 물러서 천천히 살폈다.

“실례하겠습니다.”

다시 한번 문이 활짝 열렸을 때는 세 사람 모두 상의를 한쪽 옷걸이에 걸어놓고 소매를 걷은 채 차를 한 잔씩 홀짝이고 있었다. 가지런한 상차림이 준비되고 주메뉴까지 가운데 놓였다.

“저희 이야기 좀 나눌 테니까 중간에 따로 안 오셔도 되고요. 후식만 나중에 가져다주세요. 아시죠?”

그 말을 하며 차일수는 눈을 찡긋해 보였다. 이제 정말 세 사람을 방해할 이는 아무도 없다.

“드시면서 천천히 이야기 나누시죠.”

가지런히 세팅된 회를 앞접시에 덜어주는 것 역시 차일수가 맡아서 했다.

“이렇게까지 안 해주셔도 되는데…. 잘 먹겠습니다.”

말없이 부지런히 숟가락과 젓가락이 오가고 반찬이 어느 정도 바닥을 보일 때쯤 차영수가 말을 먼저 꺼냈다.

“어떻게 사장님 만나기 전에 딱 좋은 물건 하나가 들어왔어요. 강남에 5층짜리 빌라가 하나 들어갈 건데 평수나 이런 게 요즘 젊은 세대 살기 좋게 만들어졌거든요. 집 자체는 크지 않아. 대신에 커뮤니티 공간도 있고 발코니도 따로 다 빠지고 심지어 옥상정원도 있어요. 이렇게 된 집 제가 많이 해봐서 알잖아요. 전세가 한번 들어오면 나가지를 않아. 어차피 전세로 들어온 사람은 계속 전세만 산다니까요. 생각을 바꿔서 그 박스(think outside the box) 밖으로 나가지 않으면 집 절대 못 사요. 그러니까 오히려 이런 케이스는 잘 된 거지. 또 집 들어가는 건 여자가 결정권이 있거든요. 그래서 부엌을 그렇게 신경 쓰는 거 아닙니까. 내가 이렇게 딱 봐도 부엌만 번지르르하게 고급지게 해놓으면 생각해보겠다고 하는 사람을 못 봤어. 딱 디귿자로 해서 후드도 큰 거 달고 모던하게 유럽 스타일로 가면 그냥 계약서에 바로 도장 찍죠. 그런데 이 집이 딱 그래요. 마침 저희 차 전문가님이 이렇게 이 타이밍에 소개를 해주셨으니…."

차영수는 말을 조곤조곤하면서도 포인트를 딱딱 짚어서 신뢰가 갔다. 어떤 포인트에 사람들이 집을 계약하는지도 알고 있었다. 건동은 그 말에 빨려 들어가는 기분이었다. 이 사람이라면 절대 손해를 입히지 않을 거다. 오히려 이익을 가져다줄 거라는 신뢰가 생겼다. 건동은 점점 몸을 차영수 쪽으로 기울였다.

"저희 전문가님한테 들으셨는지 모르겠지만 제가 밑바닥부터 시작해서 안 해본 게 없어요. 요즘은 돈 놓고 돈 먹기라고 하잖아요. 그런데 그건 반은 맞고 반은 틀린 이야기예요. 정보에 밝은 사람, 기회를 놓치지 않는 사람한테는 다 비빌 구석이 있어요."

차영수는 그러면서 회 한 점을 입으로 가져와 먹기 시작했다.

"제가 봤을 때는요…. 사장님이 그런 거 같아요. 사장님이."

그러면서 회를 마저 씹으며 빤히 건동을 쳐다봤다. 그 시선을 떼지 않았다.

"제가요? 아이쿠 참…. 아닌데…. 감사합니다."

건동은 그 말에 멋쩍게 웃으며 음식으로 젓가락을 뻗으며 시선을 피했다.

"아이고. 너무 부담스럽게 해드렸네! 우리 김 사장을!"

"아니야. 진짜로. 그렇지 않으면 이렇게 이야기를 다 알아듣고 판단하고 여기까지 오지도 못하지. 진심으로 하는 이야기입니다."

그와 동시에 차영수가 처음으로 한 손을 가슴에 가져다 대고 다른 한 손으로는 한쪽에 놓여 있던 고량주를 들어 건동의 잔에 따르기 시작했다.

"어이구…. 네…."

"한잔하시죠."

차영수가 먼저 시원하게 쭉 들이켰다. 50도가 넘는 술을 한번에 마시자 건동은 눈치가 보여 자신도 모르게 원샷을 따라 했다. 얼굴까지 벌게지는 기분이었다. 하지만 어쩐지 가슴은 뻥 뚫리는 듯한 느낌이 들어 나쁘지 않았다. 남은 술과 찬을 먹고 마시니 점점 몸이 뜨거워지면서 긴장이 스르르 풀리는 기분이 들었다. 알딸딸한 정신으로 차 씨 형제와 이야기를 주거니 받거니 하며 이어 나갔다.

“그러니까 이건 돈을 내는 게 아니죠. 돈을 받는 거죠. 김 사장님은 잃을 게 없어요. 어차피 분양도 되기 전에 가장 합리적인 가격에 집을 갖게 되는 거고 세입자는 매매가보다 비싸게 주고 전세를 들어올 거고. 그 사람들은 안 나갈 거고. 나가더라도 집 안 빠진다고 하면 다음 사람 구하고 나갈 거고. 제가 장담하는 데 그 정도 퀄리티의 집은 전세로 내놓으면 먼저 채가는 게 임자예요.

궁금하면 제가 한번 보여드릴게요. 근데 볼 필요도 없어. 최정예 멤버가 싹 들어간 건데 제가 또 그 사람들이랑 오래 일했잖아요? 다른 사람은 주춤주춤 망설이다가 좋은 기회 다 놓치는데 이렇게 김 사장님은 멘토님이랑 연결이 딱 되어서 저와 함께 이렇게 이야기도 나누고 또 그걸 김 사장님이 척하면 척하고 이해를 해주시고 말이죠? 그리고 한 채만 가지고 되겠어요? 저는 김 사장님이 이제 시작이라고 생각해요. 진짜로.”

그러면서 차영수는 혼자 술을 벌컥벌컥 넘기기 시작했다. 목까지 빨개진 그를 보면서 건동은 진심이라는 확신이 들었다. 그때였다. 차영수가 잔을 퍽 하는 소리가 나게 자리에 내려놓았다. 건동은 깜짝 놀라 움찔했다.

“사장님 보니까 예전에 내 모습이 생각나요. 딱 십 년 전에. 그때는 진짜 아는 사람도 없고 멘토님도 없었고 제가 먼저 이 일에 발을 들였으니까 아무 정보도 없고 아무도 그걸 쉐어 하려고 안 해. 그래서 얼마나 무시당하고 힘들었는데요. 그런데 부동산 업계에서 자리를 딱 잡아야겠다, 성공해야겠다 그런 마음은 있었지. 얼마나 확고했는데…."

그러면서 차영수는 목에 맨 넥타이를 느슨하게 풀었다. 그 사이로 보인 목 아래까지 검붉게 변해 있었다.

"인제 그만 마셔요. 아이참. 또 이런다. 사장님 미안해요. 우리 실장님이 마음이 잘 통한다 싶으면 이렇게 술을 마시면서 자기 옛날얘기를 하는 게 버릇이라…."

"아유 괜찮습니다."

건동은 그렇게 자기 몫의 잔을 다시 한번 비웠다. 이제는 머리가 빙빙 도는 듯했다. 최대한 똑바로 앉아있으려고 했지만, 한쪽 손이 점점 바깥을 짚어 기울어지는 모양새가 되었다.

"그럼 사장님, 하시는 거죠?"

차영수가 눈을 반쯤 뜬 채 잔을 앞으로 내밀며 물었다.

"아이고. 그만 마셔."

하지만 말리는 차일수를 오히려 건동이 말리고 스스로 고량주를 잔에 따라 마셨다. 목구멍에 불이 난 것 같은 기분. 그 불덩이가 온몸을 삼키는 듯한 기분을 즐기며 건동이 말을 뱉었다.

"하시죠!"

그날 자리가 어떻게 마무리가 되었는지를 건동은 기억하지 못했다. 다만, 어느 순간 고시원 천장이 빙글대는 것처럼 보이다가 어둠이 찾아오고 벽이 흔들리는 것 같이 보이다가 어둠이 찾아왔다. 정신을 차렸을 때 건동은 옷을 반만 벗고 반은 입고 있었다. 바지 밖으로 다리 하나가 비쭉하고 내밀어져 있었다. 지끈거리는 머리를 짚으며 그 와중에 휴대폰을 제일 먼저 확인했다. 메시지가 와 있었다.

"김 사장님. 인감도장과 신분증 그리고 통장 갖고 다음 주 토요일에 사무실로 오시면 됩니다."

'아…. 내가…. 이제 진짜…. 제대로 된 집을…. 강남에…. 사는구나.'

숙취로 정신없는 와중에도 그 생각이 또렷하게 떠올랐다. 바지를 추켜 입고 나가니 방문에는 또 노란 포스트잇이 붙어 있었다. 하지만 건동은 아무런 느낌이 없었다. 그걸 한 손으로 떼서 구겨버렸다. 그리고 복도에 보란 듯이 집어던지고는 저벅저벅 걸어 나갔다.

Chapter 19. 오백만 원이 입금되었습니다

"이 정도면 되겠어요?"

차영수가 건동에게 설계도면 하나를 보여줬다. 하지만 여러 갈래 죽죽 그어진 선을 제대로 이해했을 리가 없다. 그러자 하나하나 짚어가며 설명해준다.

"이렇게 해서 방 두 개랑 거실 하나짜리. 요즘 트렌드에 딱 맞아요. 1인 가구 시대 아니겠어요? 방 하나는 침실 다른 방 하나는 드레스룸. 거실은 소파 놓고 벽걸이 텔레비전 달고. 이 구성이면 손댈 게 없어요. 신혼부부여도 괜찮지. 아기 생겨도 더 클 때까지는 드레스룸을 아이 방 하면 되니까 이사도 잘 안 가. 전세금 많이 안 올리면 한번 들어오면 최소 10년은 있어요. 갭투자로는 이거 말고는 더 좋은 게 없지. 그리고 지금 이 나이에 안 먹고 안 쓰고 돈만 모았어도 막말로 신축 아파트 들어갈 자금이 있을 리가 없고요. 이 바닥 10년이 넘으니까 딱 나온다니까요."

"그래도 현장 한번 가봐야 하지 않을까요? 보고 싶은데. 지금이면 거의 마무리되고 있을 때 아닌가요?"

건동은 조심스레 의사를 내비쳤다. 아직 완공 전이지만 외장재만 바르지 않았다 뿐이지 큰 틀은 다 짜였을 거다. 그리고, 티는 내지 않으려고 했지만, 예전에 엄 여사라는 능구렁이에게 당한 전력이 있으니 의심을 아예 다 거두기는 힘들었다.

'절대 사기는 아니지. 그건 알지.'

하지만 마음 한구석에서 긴장의 끈을 놓지 말자는 신호를 보내오는 것도 사실이었다.

"사장님, 내가 보여주기 싫어서가 아니라니까요? 지금 현장 가면 아직 가림막도 안 뗐고 또 어수선하고 그러니까 그런 거죠. 그리고 내가 말을 안 해서 그렇지 빅픽처라는 게 머릿속에 딱 그려져 있으면 어떤 모습을 봐도 상관없는데 그게 없는 데 가면 괜히 공사판 같지. 거기가 거기 같고. 걱정하시고 의심 가는 마음은 알지요."

"의…의심이라뇨. 그런 건 아니죠. 에이 왜 그러십니까. 아니에요."

"먼 미래를 못 내다보시는 분들이 괜히 마음을 접었다 폈다 해서 나중에 지레 그만두고 그러지. 사장님은 그러실 것 같지는 않은데….”

“전 아니죠.”

건동은 손사래를 쳐 보였다.

“그럼 식사나 먼저 하시고 정 원하시면 바로 현장으로 가죠.”

차영수는 전화를 한 통 하더니 건동을 데리고 동네에서 오래된 중국 요릿집으로 향했다. 한자로 써져 있는 간판이며 홀에 놓여있는 둥근 탁자가 연식을 말해주는 듯했다. 둘이 가게 안에 들어서자 사장이 알아보고서는 홀 안쪽 칸막이로 안내했다.

“좋은 거로 주세요. 고량주도 하나 갖다주시고.”

차영수는 손으로 술잔을 들어 확인하는 자세를 취하며 주문을 한 뒤 건동을 데리고 자리로 들어섰다. 잠시 후, 고량주를 든 중국집 사장과 동시에 자리로 들어오는 한 남자. 위아래로 골프 옷을 맞춰 입고 나타났다. 요란스럽게 돈이 있다고 자랑하는 느낌의 차림인 그는 차영수를 향해 손을 날려 보였다.

“아이고. 우리 실장님 여기 계셨어?”

“여기 놔드릴게요. 잔은 세 개 드리면 되죠?”

"아뇨. 두 개만 놔주세요."

건동은 갑자기 들어선 남자의 등장에 당황해 내온 고량주에 딸려온 잔을 만지작거렸다.

"이분은 저와 오래 거래하신 건축주님."

"안녕하세요."

"이쪽은 이번에 계약하실 김 사장님."

"아이고 반갑습니다."

요리가 하나씩 자리를 잡고 차영수는 고량주를 따고 양쪽에 앉은 건동과 건축주의 잔을 채웠다.

"오늘은 안 드세요?"

"제가 오늘은 이따가 미팅이 또 있어서. 요즘 관심들이 많으세요. 계약하시겠다는 분들이 많은데 하나하나 뵙고 이야기 나눠보고 같이 갈 만한 분인지 제가 알아봐야죠."

"아, 그러시구나…."

세 사람 사이에 어색한 공기만 흘러 건동은 자신도 모르게 첫 잔을 그대로 원샷 해버렸다. 알싸하면서도 타는 듯한 알코올이 목을 거쳐 가슴을 타고 쪼르르 흘러내렸다.

"이번 게 완전 알짜잖아요. 내가 짓는 거지만 이렇게 사고도 없고 순서대로 쫙쫙 나가는 건 처음이잖아?"

"그래요? 그럼 현장에 매번 나가시는 거예요?"

"나라고 맨날 나갈 필요 있나. 우리 군단이 있는데. 다 믿고 가는 거지. 나야 그냥 중간중간 한번씩? 또 현장 소장이 나와 불알친구잖아. 알고 지낸 세월이 얼만데. 한 잔?"

말을 마치기 무섭게 건동의 빈 잔에 고량주를 다시 한번 꽉 채워 부어주었다.

"아 그러시구나."

건동은 살짝 고개를 돌려 반 정도를 마시고는 팔보채에 젓가락을 가져가 몇 점 집어 먹었다.

"계약서 가져오셨어?"

"그럼, 여기 챙겨왔죠."

"계약서요?"

"그때 말했잖아요. 인감도장과 신분증 또 통장 이렇게 준비해주시면 바로 도장 찍고. 바로 우리 사장님 앞으로 가는 거라고."

"그럼 몇 채 하시게?"

훅훅 나가는 속도에 건동이 당황해 사레가 들려 캑캑대자 차영수는 급하게 차를 따라 주고는 등을 두드려준다.

"몇 채요?"

"아이 아직 거기까진 내가 설명을 다 못 드렸는데…. 그때 말씀드렸던 게 한 채당 500씩이니까 매물에 곱하기로 계산하시면 되지."

"저야 많으면 좋지만, 아직 집도 못 봤고 한 채를 먼저 계약해보고 다음에 이어서….”

“사장님 돈은 하나도 안 들어. 가져가는 대로 이익이에요. 자, 한 잔 드시고.”

그러면서 차영수는 다시 한번 건동의 잔을 넘칠 정도로 꽉 채웠다. 건동이 그대로 쭉 들이키자 바로 건축주가 빈 잔을 채웠다.

“아 제가 좀 많이 마신 것….”

볼이 불그스레해진 기운을 느낀 건동은 손바닥을 얼굴로 가져가 댔다.

“그럼 일단 계약서라도 한번 보시고 말씀 이어가시죠.”

품 안에서 누런 서류 봉투를 꺼내 탁자 위에 올려놓더니 그 안에 든 여러 장의 문서를 꺼낸다. 하지만 건동은 이미 취기가 살짝 올라온 터라 그 안에 쓰여 있는 내용이 정확하게 눈에 들어오질 않았다.

“아, 이게 그거구나.”

“액수만 확인하시고 도장 찍으시면 돼.”

“액수…. 확인해야죠.”

‘육억 삼천만 원.’

“육억 삼천이면 전세로 들어오시는 분들은 얼마에 들어오시는 거예요?”

“우리 사장님이 꼼꼼하시네. 그건 저희가 알아서 세입자

계약까지 처리해드릴 거니까 신경 안 써도 돼요. 그냥 이건 사장님 앞으로 건물이 되어있다는 형식상 절차고요. 저희가 한 채당 오백씩 넣어드리는 게 골자죠. 이야! 열 채면 오천이네? 그죠? 세입자는 들어오면 안 나가고."

"그렇게 되는 건가요? 오천?"

그 액수를 듣자 건동은 머릿속으로 재빨리 셈을 했다.

'그럼 스무 채면 일억? 내 집도 스무 채인데 현금으로 일억? 그 돈이면….'

건동도 모르게 마른침을 꿀꺽하고 삼켰다.

"우리 사장님 말은 안 하셔도 기분 좋으신가 보다. 이게 이쪽 일 아는 사람들은 내 명의로 집도 생기고 현금도 생기는 거 아는데 처음 발 담그시는 거니까 놀라울 수 있죠. 이게 진짜 알짜배기라니까. 언제 푼돈 모아서 내 집을 사고 투자해요. 그것도 강남에서."

그러면서 다시 한번 고량주 병을 들고 차영수가 따르려 하다가 비워지지 않은 잔을 보고는 손으로 얼른 마시라는 시늉을 했다.

"저와도 짠 한번 하시고."

건축주와 잔을 부딪친 후 건동은 차영수가 따라준 잔을 연거푸 비웠다. 돈다발이 머릿속을 뒹구는 듯한 기분이었다. 술을 부을 때마다 노란 지폐 다발이 잔 속에 따라 부어져 찰랑

거리는 듯했다. 건동은 겉옷 안주머니에 넣어두었던 인감도장과 따로 챙긴 신분증을 꺼냈다.

"걱정일랑 넣어두세요~. 제가 알아서 안전하게 잘 관리할 테니까 걱정 붙들어두시라니까. 다음번에 통장도 하나 가져다주는 거 잊지 마시고요. 그때는 저희와 거래하는 공인중개사로 가시면 돼요. 제가 미리 문자 드릴 테니까."

그러면서 차영수는 인감을 챙겼다. 그러거나 말거나 이미 건동의 자세는 많이 풀려있었다. 거의 혼자서 고량주 반병을 비웠다. 게다가 자기 명의로 집까지 계약한 셈이었다. 돈 한 푼 들이지 않고 오히려 돈까지 받아 가면서.

"입금은 바로 해드리는 편이 좋죠? 여기로 보내 드릴 테니까 확인해보세요."

건동은 완연히 미소를 띤 표정을 지어 보이며 잔을 앞으로 쑥 내밀었다. 건축주도 그 잔에 화답하듯 부딪히고는 입가로 가져갔다. 그 모습이 마지막이었다. 그 뒤로는 다시 기억이 드문드문 이어졌다. 양쪽 겨드랑이에 팔 하나씩이 걸쳐져 끌려가듯 가게를 나서 택시 뒷자리에 태워졌다. 목적지를 물었던 듯도 싶은데 건동은 뭐라 대답했는지가 떠오르질 않았다. 다시 정신을 차려보니 그의 고시원 침대 위였다.

"꿈인가?"

건동은 제일 먼저 바지 뒷주머니부터 확인했다. 아무것도 잡히질 않았다. 책상 위에 아무렇게나 던져놓은 재킷이 보였다. 안주머니에도 아무것도 없었다. 정신이 확 깨어 스마트폰을 찾았다. 액정에 팝업이 하나 떠 있었다.

'5,000,000원 입금, 잔액 5,200,000원.'

그리고 문자를 확인했다.

"사장님 잘 들어가셨죠? 경황이 없어 제가 계약서를 챙겨서 와버렸네요. 다음에 드릴게요. 그리고 통장 주시는 것도 잊지 마시고요. 돈은 입금해드렸어요."

건동은 그대로 액정에 마구 뽀뽀를 퍼부었다. 한 채로는 부족하다는 생각이 들었다. 이런 문자가 날아들 때마다 느껴질 쾌감을 생각하며 술 냄새가 풀풀 풍기는 그 모습 그대로 옷을 갈아입지 않은 그 차림새 그대로 엎어져 도로 잠 속으로 빠져들었다.

Chapter 20. 한껏 올라간 어깨

"여어~. 왔어?"

평소보다 이른 출근. 건동은 데스크 앞에 서서 불을 켜고 짙은 베이지색의 트렌치코트를 벗어 의자에 걸어둔 다음 컴퓨터를 켰다. 그때 마침 막내가 원에 들어섰다.

"일찍 오셨네요? 제가 원래 이런 거 다 하는데…."

막내는 겸연쩍은 듯 손으로 조명을 가리키며 얼른 자리로 후다닥 뛰어 들어가 앉은 다음 창문을 열고 환기를 시킨 뒤 화분을 복도 밖으로 가져다 놓았다.

"무슨 일 있으신 거예요?"

"아유 일은 뭐~. 아냐. 일 보러 나왔다가. 근데 한잔했어?"

건동은 손으로 커피를 마시는 시늉을 해 보였다.

"아뇨. 그러잖아도 카페인이 좀 당기긴 했는데…."

“그럼 가자. 내가 한 잔 살게.”
“그냥 비워두고 가도… 돼요?”
“안될 게 뭐 있어? 걍 가는 거야. 나와.”
건동은 몸 그대로 빠져나와 엘리베이터 앞에 서고 막내가 실내용 슬리퍼를 신은 채 뒤에 섰다.

“어! 뭐야. 둘이서 뭐예요?”
엘리베이터 문이 열리자 마주친 세 사람. 또 다른 여직원 수정이었다.
“우리 커피 마시러 가는데 같이 갈래?”
건동은 여유가 있는 손짓을 해 보이며 내리지 말고 그대로 있으라고 손짓했다.
“다시 내려가요?”
건동은 1층에 도착하자마자 두 사람을 끌어당기다시피 해서 건물 밖으로 데리고 갔다. 큰길까지 나가서 건널목을 건너면 커피빈이 나오는데 원에서는 대략 15분 거리. 커피를 테이크아웃 해서 돌아온다 치면 30분이 조금 넘게 걸리는 거리였다.
“그런데 저희 그럴 시간이 되나요?”
막내는 길을 건너면서도 자꾸만 초조한 듯 스마트폰으로 시간을 확인했다. 그도 그럴 것이 원 오픈 시간이 10분밖에 남질 않은 상태. 게다가 문도 열어두고 나왔으니 아무도 없을 터였다.

"괜찮아. 괜찮아. 원래 오전엔 안 와. 그리고 부장님 오시고 원장님 오시면 된 거지 뭐. 잠깐인데 뭘~."

하지만 두 여직원은 원장님 소리에 이미 표정이 굳어버렸다.

"원장님요? 저희 이렇게 단체로 나간 거 아시면 큰일 날 텐데…."

막내는 이미 울상을 하고 있었다. 새로 들어온 그의 타깃. 아직 지독하리만큼 갈굼을 당하지는 않았지만, 슬슬 시동을 걸고 있었다. 원장이 나타날 기척만 보이면 얼른 탕비실이나 창고로 숨는 그녀였다.

"내가 다 책임질게. 아이 괜찮아. 편하게 먹어."

건동은 평소와는 다르게 느긋해 보였다. 그런 그를 여직원 둘은 연신 쳐다봤다.

"오늘 좀 뭔가 이상…?"

건동을 오랫동안 봐왔던 수정이 운을 뗐다. 그도 그럴 것이 원장이라는 이름 앞에 한없이 작아지던 그가 오늘은 꿈쩍도 하질 않았으니까.

"이상해? 뭐가? 우리 이제 그냥 너무 막 쪼그라들고 위축되어서 살지 말자. 편하게 하자. 너무 목매지 마."

그렇게 말한 뒤 건동은 두 여직원의 어깨를 잡은 채 카페 안으로 들어섰다.

"저 왔어…."

부장은 당황스러웠다. 불이 환하게 켜있고 화분까지 밖에 나와 있는데 문이 열린 채로 원에는 아무도 없었다.

'뭐 가지러 갔나?'

부장은 삼면이 유리창으로 되어있는 사무실에 가방을 놓고 앉았다. 이 자리가 투명하게 되어있는 건 직원을 잘 보고 감시하라는 원장의 뜻이었다. 십 년 가까이 그와 함께 발맞춰 온 그녀라 까탈스럽고 변덕스러운 원장의 성미를 제법 잘 맞췄다. 눈 밖에 나는 행동을 하지 않을 것. 실적으로 보여줄 것. 그 두 가지 덕분에 승승장구하며 평강사에서 부장까지 올랐다. 나긋나긋해 보이는 이면에는 생각보다 강단이 있고 카리스마 있는 모습도 있었다. 하지만 평소 화를 잘 내지 않으니 직원들은 그녀 앞에서 그렇게 겁을 내거나 두려워하지는 않았다.

그때였다. 부장의 눈에 세 사람이 한 손에는 커피를 들고 시시덕거리며 들어오는 모습이 보였다.

"어디 갔다 오는 거야 지금?"

소리를 빽 하고 지르지는 않았지만 나긋나긋하게 말을 하면서도 어미에 힘을 빡 준 말투에는 노여움이 서려 있었다. 누가 봐도 이건 업무 중 자리를 이탈해 땡땡이를 쳤다고밖에는 볼 수 없었다.

"아…. 저…."

여직원 둘은 말을 채 잇지 못하고 건동 쪽을 쳐다봤다.

"아, 제가 한잔 쐈습니다. 부장님도 한잔하실래요?"

하지만 건동은 주눅 드는 기색 없이 오히려 자기 커피를 들어 보였다.

"뭐?"

"아니, 저희가 너무 일만 하고 서로 교류가 없다 보니까 단합도 할 겸 티타임 가지려고 잠깐 나갔다 왔습니다."

"아니, 그게 문제가 아니라 혹시라도 학부모나 원장님이라도 오셨으면 어쩔…."

호랑이도 제 말 하면 온다고 했던가. 그때 서류 가방을 든 원장이 엘리베이터에서 내려 원 안으로 성큼성큼 걸어오고 있었다. 앞에는 부장 중간에는 직원 셋 그리고 뒤에는 원장. 이제는 빼도 박도 못하는 상황이 되어버렸다.

"뭐해? 지금?"

상황을 채 파악하지 못한 원장이 부장의 얼굴을 보며 의아하다는 듯이 물었다.

"저희가 단합…."

“제가 데스크 직원들이 너무 열심히 일하길래 잠깐 커피 좀 사 오면서 바람 좀 쐬라고 내보냈어요. 원장님 오늘 일찍 나오셨네요? 그러잖아도 저희 지난달 실적 정리해서 책상 위에 두려고 했는데 직접 뵙고 말씀드려야겠네. 퇴원율이 확 줄었어요. 게다가 휴원했던 친구들도 대거 다시 들어와서 매출이 좀….”

부장은 건동의 말을 가로막더니 원장에게 솔깃한 이야기를 던져주었다.

“그래? 아이코 듣던 중 반가운 소리구먼. 알았어. 들어와. 얼굴 보고 이야기해. 다들 자리로 가봐.”

부장이 원장을 데리고 사라지자 나머지 여직원 둘은 가슴을 쓸어내리며 자리로 가 얼른 커피를 책상 한쪽으로 밀어놓았다.

“저 심장 터지는 줄 알았어요. 실장님.”

“아이 뭘 그런 거 가지고. 당당해질 필요가 있다니까. 눈치 보지 마. 신경 쓰지 마.”

그 말에 수정은 건동을 이상한 눈빛으로 다시 한번 쳐다봤다.

“이상해요, 실장님.”

“뭐가?”

"몰라요. 뭔가 이상해. 달라졌어. 학원 그만두세요?"

그 말을 해놓고도 웃기는지 둘은 풉 하고 웃었다. 여기서 쉽게 일을 그만둘 수 있는 처지는 아무도 없었다. 전문대를 나온 수정은 아직도 갚아야 할 학자금이 쌓여있고 막내는 특성화 고등학교를 졸업하고 첫 직장으로 이제 발을 내디딘 지 두 달밖에 되지 않았다. 무엇보다 건동은 정규직 사원으로 전환을 앞두고 있으니 더더욱 그럴 형편이 되지 않았다.

"그만 못 둘 건 뭐가 있어? 배짱 가지고 살아야지. 인생은 한 방이라니까. 기 딱 펴고 살아."

건동은 그 말에 아무렇지 않은 듯 대꾸하고 오히려 콧노래까지 부르며 업무로 복귀했다. 그날 그는 걸려 오는 컴플레인 전화에도 아주 여유 있게 답을 하며 웃으며 대화를 마쳤다. 그러다 사고가 났다.

"저기 실장님. 저 좀 보시죠."

부장이 전화를 끊자마자 건동을 호출했다. 느릿느릿하게 자리에서 일어난 그는 벗어놓은 슬리퍼를 꿰어 신고 부장의 사무실로 향했다.

"저 실장님. 일 이렇게 하실 거예요?"

"네? 뭐 때문에 그러시는지 전혀 모르겠는데…. 무슨 일 있나요?"

건동은 그 말에도 여유를 잃지 않고 서서 답을 했다.

"아니, 유미 엄마한테 안 맞으면 학원 그만두라고 그런 식으로 이야기하셨어요?"

"아~, 그거요? 아니 시스템이 맘에 안 든다고 하시니까 저희가 시스템을 바꿀 순 없는데 어떡하느냐고 물었더니 그러면 그만두라는 이야기냐고 하시더라고요. 그래서 안 맞으면 원을 옮기시는 수밖에는 없지 않으냐고 하긴 했어요."

"차…."

부장은 한동안 말을 잇지 못했다. 팔짱을 꼈던 두 팔을 내리고는 어이가 없다는 듯 건동을 바라봤다.

"부장님, 저런 진상은 오히려 저희 원에서 더 휘둘리지 말고 끊어내야 한다니까요. 괜히 저런 부모들 말 다 들어주면 분위기만 안 좋아지고 또 해달라는 거 다 들어줘봤자 어차피 다 그만둡니다. 그냥 저럴 때 알아서 자기 발로 나가주면 얼마나 좋아요? 그리고 이런 감정노동 때문에 다들 힘든 거 아닙니까? 할 말은 해야죠. 손님이 왕인 시대는 이제 끝났는데."

건동은 이해가 가지 않는다는 듯 더욱더 고개를 빳빳이 들고 대꾸했다.

"아…. 실장님이 그렇게 생각하셨다. 근데 실장님 월급은 누가 주는 거 같아요?"

"원에서 줍니다."

"아니요, 틀리셨어요. 틀렸다고요."

"그럼 누가?"

"학부모가 주는 거죠. 그분들이 내시는 원비에서 우리 월급이 나오는 거라고요. 손님이 왕이니 아니니 그런 이야기 운운하기 전에 진상이니 뭐니 하기 전에 일단 그런 자세는 버리고 일하세요. 갑자기 이게 웬…. 난데없이…. 참…. 내가 기가 막혀서. 아니 갑자기 왜 그래요? 잘하시다가?"

"…아니 저는 그냥 너무 끌려다니는 게 좋은 방법이라고 생각이 안 들어서 제 나름대로 이야기를 한 거고 그렇게 기분 나쁘게 말씀드린 것도 아니에요."

"됐어요. 됐고요. 지금 더 이야기해봤자 소용없겠네요. 원장님과 이야기하고 말씀드릴 테니까 그렇게 아세요."

부장님이 지금 최후의 카드를 꺼내 들었다. 이 말인즉슨 건동에게 알아서 기라는 뜻이나 다름없었다. 그에게 거의 전권을 휘두른다는 걸 알고 있었으니까.

"네에~. 잘 알겠습니다. 그럼 전 나가볼게요."

하지만 분위기는 반전되지 않았다. 끝까지 건동은 수그리지 않았다. 돌아서 나가는 뒷모습이 아니 그 발걸음조차도 가벼워만 보였다. 부장은 그 모습을 물끄러미 바라보다가 고개를 절레절레 흔들었다.

"아이코 피곤~하다."

자리로 돌아온 건동이 의자 깊숙이 몸을 뉜 채로 앉았다. 내심 사무실 속 상황을 예의주시하던 여직원들은 그의 눈치를 살폈지만, 풀이 죽은 기색이 전혀 없었다. 둘은 서로 눈빛을 주고받으면서 하던 업무로 돌아갔다. 그날 퇴근 무렵. 원장이 건동을 호출했다.

"건동, 이리 좀 와봐."

"네."

건동은 한 손에 스마트폰을 들고 원장실로 들어갔다. 한쪽 팔은 책상에 기대고 다른 쪽 팔은 팔걸이에 얹은 채였다. 평소와 다름없는 모습. 그가 들어서자 고개를 젖혀 앉으라는 시늉을 해 보였다. 그러면서 의자를 좌우로 살살 돌리며 말을 이었다.

"이상한 소리를 하나 들었는데…."

"무슨?"

"뭔지 짐작 가는 거 없어? 생각해봐. 내가 십 초 줄게."

"…."

"뭘 거 같아?"

"모르겠는데요. 전~혀 짚이는 데가 없는데요."

"흠…. 그래? 그렇단 말이지."

원장은 의자를 고정하고 건동의 눈을 빤히 쳐다보기 시작했다.

"부장한테 이야기 들었어."

"아 네."

"아 네?"

"아 네."

"무슨 이야긴지 알잖아?"

"아 네."

"나 이거 참."

원장은 이제 엄지손가락을 책상 유리에 대고 비비고 있었다. 감정이 상할 때나 몹시 노했을 때 나오는 버릇 중 하나였다.

"너 뭐야?"

"네?"

"너 뭐냐고?"

"저요?"

"얀마, 실장이면 학부모한테 고개 빳빳이 들고 꼬박꼬박 말대꾸하는 게 맞아?"

"아뇨. 그런 적은 없는데요. 제가 그럴 이유가 뭐가 있겠습니까?"

"얀마, 나도 학부모한테는 큰 소리 낸 적 없어. 우리 직원들을 건드렸다거나 진짜 도리에 어긋나면 내가 나서서 할 말은 하지. 근데 내 밑에 사람이 그럴 군번은 아니지 않냐?"

그 말을 끝내기가 무섭게 원장은 건동을 분노에 찬 눈으로 바라보기 시작했다.

"저는 그렇게 기분 나쁘게 말씀을 드릴 적이 없어요. 그냥 학부모님이 시스템이 마음에 안 드신다고 해서…."

"됐고. 넌 정신교육 다시 받아야 할 거 같다. 너 일주일 동안 점심시간에 서비스 보수교육 할 테니까 그렇게 알아. 알았지? 정신머리를 싹 고쳐놔야 해."

"…."

"됐어. 나가."

건동은 대꾸도 없이 그대로 일어서 대충 인사를 하고 방을 나섰다. 그런 적은 처음이었다. 늘 원장의 말에는 토를 달지 않았다. 게다가 항상 그 방을 나설 때면 구십 도로 인사를 하던 그였다. 쌩하고 빠져나간 자리에는 냉한 기운이 돌았다. 건동은 그렇게 돌아와서는 바로 옷을 꿰어 입고는 칼퇴근했다. 직원들에게는 돌아선 채로 손을 높이 뻗어 흔들어 보이고는 사라졌다.

Chapter 21. 웰컴 투 마이 하우스

“아이고 안녕하세요.”

“저 누구…신지?”

“저요? 아하하하. 모르시는구나. 저 집주인입니다.”

“아…. 안녕하세요. 계약할 때는 다른 분이 나오셔서 몰라 뵈었어요.”

“아닙니다. 아이고. 이사하시느라 정신없으실 텐데 얼른 일 마저 보세요.”

건동은 손을 휘휘 앞으로 내보이며 길을 터줬다. 그 앞에 이삿짐 박스를 든 세입자가 눈치를 보며 자리를 뜨지 못하고 섰다.

“아이 가시래도요.”

“네, 먼저 가시면….”

"아 그게 제가 환영의 의미로 약소하지만, 선물을 하나 가지고 왔어요. 이거 드리려고 기다렸죠. 어디 놓을 데가?"

현관 앞에 서 있던 건동이 고개를 이리저리 돌리며 자리를 확인했다. 전신 거울과 빌트인 신발장으로 꽉 채워져 그가 가져온 화분을 놓을 공간이 없다.

"이게 돈이랑 행운을 가져다주는 일명 금전수예요. 제가요 앞에 꽃집에 가서 집들이에 좋은 화분 하나 추천해달라고 했거든요. 그랬더니 이게 딱 맞는다고. 와하하하하하핫."

건동은 손에 들고 있던 금전수 화분을 세입자에게 내밀었다. 어서 받으라는 손시늉을 해 보이자 세입자는 들고 있던 상자를 내려놓고 엉거주춤한 상태로 두 손을 내밀어 받아 들고 묵례한 뒤 집 안으로 들어갔다.

"웰컴 투 마이 하우스예요~!"

건동은 다시 한번 경쾌하게 외쳤다.

다음 날, 출근길에 전화 한 통이 걸려 왔다.

"네 영수 실장님. 무슨 일이세요?"

"어제 집에 다녀가셨다면서요?"

"아 네. 제가 한번 직접 봐야지요. 집주인이 얼굴 한번 내비치지 않는 게 말이 안 되잖아요. 그쵸?"

"혹시 연락처도 알려주고 막 그런 건 아니죠?"

"아니요. 워낙 이사하는데 바빠 보여서 그냥 선물만 전해 주고 왔는데요? 전화번호라도 알려드릴 걸 그랬나? 그래야 뭐 보수할 거나 문제 생기면 연락하실 텐데…. 제가 경황이 없어서 그 생각을 못 했네요. 다시 가…."

"거참, 찾아가고 그러지 마시라고."

"네?"

"그게 대리인으로 위임장까지 써서 우리가 깔끔하게 처리하잖아요? 거기 현장에 가실 필요 없다니까? 왜 우리가 하는 일이 미심쩍어서 그래요?"

묘하게 불쾌하다는 뉘앙스로 말을 이어 나가는 태도에 건동은 당황스러웠다.

'뭐지…. 그런 이야기가 아닌데.'

"아뇨. 뭔가 오해가 있으셨나 보네요. 당연히 저희 실장님들 믿죠. 저는 그냥 인사를 직접 못 드려서 한번 가본 거예요."

"저희가 다 알아서 신경 쓸 테니까 괜히 또 번거롭게 현장 나가시지 말고요. 저희가 입금하는 돈만 꼬박꼬박 받으시고 하시던 일 편하게 보시면 됩니다. 아셨죠, 사장님? 저희 못 믿고 이렇게 직접 나서시면 저희 섭섭합니다."

"아…네. 그럼요. 제가 그럴 필요가 뭐가 있겠어요. 네, 알겠습니다. 잘 부탁드립니다."

건동은 전화를 끊고 나서도 한참이나 어안이 벙벙했다. 가만히 대화를 복기하듯 되짚어 봐도 잘못을 한 게 크게 없는데 어떤 게 과연 그 사람들을 불편하게 했을까 생각하다가 그만두기로 했다.

"에이 나는 그냥 굿이나 보고 떡이나 먹으면 되지. 뭔 상관이야. 오히려 편하지 뭐."

건동은 이내 표정을 풀고는 주차하고 팔자걸음으로 느긋하게 학원으로 향했다.

"야, 너 이것 좀 주문해."

"네?"

"아니 수행평가에 필요한 거 적어놨으니까 보고 적당한 데서 사고 경비는 그냥 학원 걸로 처리해. 알았지?"

"네?"

건동은 한쪽 팔만 빼낸 재킷을 다시 걸쳐 입고는 쪽지를 확인했다. 메신저를 쓰거나 전화하면 될 법도 한데 꼭 이렇게 메모로 주는 이유는 뭘까 잠시 생각해봤다.

"원장님이 또 경비처리 학원 쪽으로 하라고 하신 거죠?"

"응, 왜?"

"아이참. 몰라요. 또 저러신다. 제가 곤란해진다고요."

"그냥 법인카드로 사면 되는 거 아니야?"

"그게 법인카드 명세도 다 감사를 한다고요. 지난번에도 너무 많이 쓰셔서 그 이후로 자질구레한 거나 상관없는 건 쓰지 말라고 했는데…. 제가 욕먹어요."

"원장님이 시켰다고 말하면 되잖아?"

"아니라고 발뺌하신다고요. 발뺌."

발뺌이라는 두 글자에 유독 목소리를 낮춰 말했다. 여직원은 이미 얼굴이 붉으락푸르락 달아올라 있었다.

"그래서 일부러 저러시는 거잖아요. 데스크까지 와서 말로 전달하시는 거잖아요. 하여간 철두철미해."

"아…."

"쥐꼬리만 한 월급에서 깐다고요. 제가 다 뒤집어쓴다고요. 어허허허헝."

여직원은 그대로 책상에 엎드려서 우는 시늉을 했다.

"진짜로? 참말이야?"

"그렇다니까요! 고작 백삼십 받아서 뭐 떼고 뭐 빼면 뭐가 남아요. 진짜 그만두든가 해야지."

건동은 습관처럼 내뱉는 말이라는 걸 알지만 순간 지난번 울면서 그만둔 막내의 모습이 겹쳐 떠올랐다.

"됐어. 내가 알아서 처리할게. 뭐 그렇게 비싼 거라고."

"실장님…. 원래 티끌이 태산 되는 거 아시죠? 이거 시스템이 좀 바뀌어야 하는 건데…."

그러면서도 안도하는 눈치였다. 그녀도 알고 있다. 아무리 법인 회사 소속이라고는 하지만 이 회사에서는 원장이 무소불위의 권력을 가지고 있다는 걸. 싫으면 중이 절을 떠나야 한다는 걸. 하지만 어딜 가나 눈감을 수밖에 없는 비리는 존재한다는 걸. 그러니 정의감에 불탈 새도 없이 꼬랑지부터 내리고 월급날을 떠올리며 항복할 수밖에 없다는 걸.

"띠리링."

그때였다. 다시 건동의 휴대폰이 울렸다.

"근데 실장님 왜 진동으로 안 하시고요?"

"응? 아니 그냥 뭐랄까 기분이 좋아서랄까?"

"전 알람 오면 싫던데."

"왜?"

"돈 내라는 소리 아니면 재난 문자, 스팸 문자 그런 거밖엔 없거든요. 좋은 소식이 없어요. 좋은 소식이."

"내건 그런 거 아니야…."

입가가 쓱 올라간 건동은 엄지를 꾹 눌러 잠금을 해제했다.

"예쓰!!!"

자신도 모르게 소리치며 자리에서 벌떡 일어났다.

"무슨 일 있어요?"

"아…. 아니…. 그냥…. 좀 기다리던 연락이 와서…."

건동은 웃음을 감추며 자리에 앉았다. 하지만 다른 쪽에 앉아있던 여직원까지 그 소리를 듣고 내심 궁금한 눈치를 보이자 지갑을 챙겨 데스크를 빠져나와 자동문 앞으로 향했다.

"내가 가서 커피 사 올게. 아아?"

손가락으로 두 잔 표시를 하고 건동은 뒤도 돌아보지 않은 채로 엘리베이터를 탔다. 이 정도쯤은 별것도 아니었다. 또다시 500만 원이 그의 통장에 꽂혔으니까. 가만히 앉아있어도 이제 착착 돈이 굴러들어올 테니까. 이건 시작에 불과하니까.

Chapter 22. 왓 어 럭키 데이

매일 아침 잠에서 깨면 제일 먼저 하는 일. 바로 스마트폰 체크하기. 남들처럼 SNS를 확인하거나 유튜브를 보는 게 아니라 팝업을 확인한다. 한 건, 두 건, 세 건…. 그 수에 따라 그날의 기분이 결정된다.

'와! 장난 아니다.'

오늘은 벌써 세 건의 계약이 체결되었다. 금액을 확인하지 않아도 된다. 건당 500만 원이니까. 그는 자는 동안에 벌써 반년 치가 넘는 월급을 번 셈이다. 이렇게 잔액이 두둑한 날이면 절로 몸에 힘이 들어간다. 수건을 어깨에 척 걸치고 세면도구를 챙겨 화장실로 가는 그 복도에서 건동은 누구보다 더 꼿꼿한 자세로 일하듯 걸었다. 지금 그가 딛고 있는 자리는 비록 누추하고 어두컴컴한 고시원 복도이지만 이제 여명이 그의 인생에 드리우게 될 것이다.

'더 여기 있을 필요 있겠어?'

건동은 세차게 칫솔질하고 머리를 감으며 결단을 내렸다. 이제 이 고시원과 작별할 시간이었다. 큰돈을 버는 사내가 이런 개미굴 같은 곳에 있으면 안 된다. 그럼 있던 복도 달아난다는 게 그의 지론이었다.

"저, 그 무보증 150에 나온 오피스텔 좀 계약할 수 있을까요?"

"보러 오시지는 않고요?"

"아, 네. 그 동네 잘 알아요. 뭐 굳이 볼 필요 있나요?"

"그쵸? 워낙 여기가 구조가 잘 빠져서 따로 확인하실 필요도 없죠. 층고가 높아서 지내기 좋아요. 답답하질 않죠."

"답답하지 않은 거 맞죠?"

"그럼요."

"그거면 됐어요."

전화를 끊고 건동은 출근길에 공인중개사사무소에 들러 가계약했다. 주인은 일반인이 아니라 이런 오피스텔만 관리하는 법인이라고 했다. 주말에 담당자와 만나 계약서에 사인만 하면 끝이라고 했다.

"이지 앤 심플이네요."

건동은 이체하며 공인중개사 사장에게 웃으며 말을 건넸다.

“그죠. 이 동네는 뭐든 깔끔합니다. 지저분한 게 없죠.”

“지저분한 게 없죠?”

“그럼요.”

건동은 혀로 이를 쓱 한번 훑고는 만족스러운 표정으로 길을 나섰다. 다음 주부터는 빌딩 숲이 훤히 내려다보이는 대로변의 오피스텔에서 격에 맞는 삶을 살 수 있다고 생각했다.

‘이 맛이지. 이 맛에 돈을 버는 거지.’

“저 실장님. 연락 못 받으셨어요?”

“무슨 연락? 아니, 나 휴대폰 확인 아직 못했는데?”

공인중개사사무소에서 빠져나오며 그는 휴대폰을 무음 상태로 해놓은 뒤 대시보드에 넣어두었다. 그의 달콤한 시간을 아무도 방해하지 못하도록. 그 시간을 음미할 수 있도록.

“원장님이 찾으셨어요. 따님분이 다리를 다치셔서 데려다주셔야 할 것 같은데요….”

“그런 일로 날 찾은 거야?”

건동은 여유 있는 미소를 띠며 찬찬히 되물었다. 그와 동시에 데스크 안쪽으로 걸어 들어가 컴퓨터를 부팅하고 겉옷을 벗어 의자에 걸어두었다.

“네?”

그 태도에 당황해 말을 잇지 못하는 여직원에게 건동은 윙크를 살짝 날려 보였다.

“알았어. 알았다고. 로그인만 일단 하고. 천천히 해도 되잖아? 그치? 뭐 그리 급한 거라고.”

아이디와 패스워드를 치며 콧노래를 부르는 건동을 보며 여직원은 뜨악한 채로 아무 말도 하지 못했다. 자세를 고쳐 앉지도 못하고 되묻지도 못했다. 그런 그녀를 신경도 쓰지 않은 채로 건동은 십여 분을 더 천천히 자기 일을 보고 자리에서 일어나 주차장으로 내려갔다. 서두르는 기색이 하나도 없었다. 물론 휴대폰 무음 상태를 진동으로 바꾸지도 않고 부재중 전화를 확인하지도 않았다. 차 문을 열고 시동을 켤 때까지.

“왜 인제 오세요!!! 늦었잖아요!!!”

원장의 딸은 한쪽 발목에 반깁스를 한 채 현관문 앞에 서 있었다. 그와 동시에 자기 가방을 건동에게 던졌다.

“이제 가면 되지.”

그는 여유롭게 한쪽 팔에 가방끈을 걸고 엘리베이터의 버튼을 눌렀다. 뒤돌아보지 않고 아이를 등지고 섰다.

“저, 아저씨?”

건동은 그 말에 대꾸도 하지 않았다. 이제 그는 자신의 페이스에 따라 움직이고 행동했다. 재촉하는 이도 겁을 주는 이도 윽박지르는 이에게도 똑같이 포커페이스를 유지했다. 누구도 그를 통제할 수 없다. 그는 그들의 아래에 있지 않다. 이제 곧바로 옆에 설 것이다. 평소 같았으면 엘리베이터 문을 잡아주고 아이를 먼저 태우고 난 뒤 건동이 탔을 거다. 하지만 문이 열리자마자 제일 먼저 발을 내디딘 것은 건동이었다. 그 모습을 아이가 멀뚱히 보고 서 있자 그는 의아한 듯이 표정을 지으며 고개를 갸우뚱했다. 여전히 아이는 타지 않고 그 자리에 우뚝 서서 반항의 몸짓을 하고 있었다.

"안 타?"

태연하게 건동이 말을 걸자 아이는 부아가 치민 듯 한쪽 볼이 부풀어 올랐다. 그 와중에 문이 천천히 닫혔다. 아이는 결국 서둘러 내려가는 버튼을 누를 수밖에 없었다. 다시 열리는 문틈 사이로 여전히 건동은 태평한 모습이었다. 아이는 기가 찼다.

"허…. 어이가 없네."

더는 둘 사이에 아무런 대화도 이어지질 않았다. 주차장에 도착해서도 건동은 전혀 서두르는 기색이 없었다. 이제는 핸드백을 등 뒤로 매듯 한쪽 팔에 걸친 가방을 등 뒤로 넘기고는 천천히 좌우로 몸을 흔들며 앞서 걸었다. 그의 등을 아이는 매섭게 째려봤다. 하지만 그 어떤 말도 먹히지 않을 것 같은 눈치에 입을 꾹 다물었다.

'저 아저씨가 미쳤네. 미쳤어. 내가 가만히 있나 봐라. 아빠한테 다 말해서 아주 혼쭐이 나게 해줘야지. 어디서 감히.'

학교로 향하는 내내 아이는 그 생각뿐이었다. 도착하고서도 건동은 별말이 없었다. 내려서 문을 열어주기는 했다. 하지만 그건 다친 사람에 대한 배려일 뿐이었다. 가방을 건넸지만 아이는 순순히 받지 않았다. 그러자 건동은 다시 친절하게 웃으며 손에 가방끈을 걸어주고는 돌아가 그대로 자리를 떴다.

"저거 미쳤네! 미쳤어!!!"

그가 떠난 자리에 대고 아이는 악을 고래고래 썼다.

"별일 없었지?"

"네에?"

여직원은 안경을 들어 고쳐 쓰고는 빤히 그를 쳐다봤다.

"괜…괜찮으세요?"

"뭐가?"

"원장님이요. 지금 완전 저기압이세요."

여직원은 목소리를 낮춰 소곤대듯 말했다.

"왜? 그래서 뭐?"

거기에 대고 건동은 로비가 떠나가라 크게 답을 했다. 그 반응에 깜짝 놀란 여직원은 다시 컴퓨터 화면으로 고개를 돌렸다. 그러자 건동은 팔을 뻗어 그녀의 책상에 대고 손가락을 톡톡 두들기며 아주 천천히 강조하듯 말했다.

"내가 그. 런. 거. 신. 경. 써. 야. 해?"

여유로운 미소도 잊지 않은 채.

"아뇨…."

여직원은 귀신이라도 본 듯 건동 쪽으로 고개도 돌리지 않고 하던 일로 돌아갔다.

"아, 날씨 좋다. 세상 참 좋다."

건동은 아직 아이들이 들이닥치기 전 남은 30분의 여유를 만끽이라도 하듯 의자 등받이에 기대어 몸을 뒤로 젖히고 양반다리를 했다.

"좋다. 참 좋다."

유튜브 검색창에 'Jazz'라고 치고는 재생 버튼을 눌렀다. 로비에 빠른 템포의 스윙재즈 음악이 울려 퍼졌다.

"애들아, 한 줄로 서야지. 그치?"

건동은 슬라임을 가지고 노느라 정신없는 아이들의 머리를 쓰다듬으며 말을 했다. 그러자 아이들이 움찔거렸다.

"아저씨 왜 그래요. 더 소름 끼치잖아요."

"왜? 내가 뭘?"

“말투도 이상해. 봐봐.”

“그냥 원래대로 하시라고요.”

“내가 뭘 어떻게 했는데?”

“야 인마 빨리 안 서? 너 때문에 7호 차 늦게 출발하면 엄마한테 전화한다. 엉? 이라고 했잖아요.”

“내가? 언제?”

유들거리는 말투로 대꾸하자 아이들은 그대로 입을 꾹 닫아버렸다. 어느덧 다들 자기 자리로 갔다. 건동은 참 이상하다고 생각했다. 그저 웃으며 좋게 평화롭게 말했을 뿐인데 다들 고분고분해졌다. 역시 돈 때문이라는 생각이 들었다.

‘여유가 넘치잖아.’

그 생각을 하니 머릿속에 키보드 건반을 두두둥 누르는 재즈 음악이 절로 재생되는 것 같아 고개를 좌우로 흔들었다. 아이들은 너무나도 달라진 건동의 모습에 놀라 재빨리 엘리베이터를 탔다. 손을 흔드는 그의 모습을 지우려 얼른 닫힘 버튼을 눌렀다.

Chapter 23. 나의 하찮을 정도로 귀엽고 적은 월급

"너 오늘도 여기서 딱 대기해 알았어?"

"네에~."

"건동."

"…."

"야 인마! 이 새끼야."

"네?"

"이름을 불렀으면 대답해야지. 아이 이 새끼 아주 빠졌네. 빠졌어."

"아…. 저는 그냥 말씀하시고 강조하~시는 줄 알고요. 네에. 건동!"

건동이 구령에 대꾸라도 하듯 손을 가져다가 옆에 대며 익살스럽게 대꾸하자 원장은 손 보고 있던 넥타이를 내팽개치더니 거울을 통해 그를 불만스러운 듯 째려보고는 그대로 차에서 내려 건물 안으로 들어갔다.

원장은 몇 발짝 가지도 못해 불러 세우는 목소리에 허리를 90도로 굽혔다. 악수를 청하는 손을 두 손으로 맞잡고 몇 번이고 흔들며 사람 좋은 척 입이 찢어져라 웃으며 말을 건네다 먼저 돌아서는 상대의 모습이 사라질 때까지 고개를 들지 못했다. 그리고 또 몇 발자국 떼지도 못하고 불려서는 다른 상대에게 구두와 맞절을 할 정도로 인사를 하고 다른 한 손은 주머니에 넣은 채로 한 손만 빼 무심하게 건네는 상대의 두 손을 맞잡고 몇 번이고 흔들다 사라지는 뒷모습을 향해 고개를 한참 숙였다. 그렇게 다른 이사장들이 건물 안으로 다 들어서자 원장은 담배를 꺼내 물고는 몇 모금을 빨더니 그대로 바닥에 세차게 던졌다. 아스팔트 위에 구르는 담뱃불은 한참을 사그라지지 않고 제 몸을 홀랑 태웠다.

"아, 좀 배고프네. 오늘 길게 하려나?"

밥시간이 한참 지나도록 아무도 건물에서 나오질 않았다. 평소 같았으면 회의는 두 시간이면 끝나는데 벌써 네 시간이 지났다. 꼬르륵 소리에 잠시 건동은 망설이다가 문을 닫고 건물 지하 1층에 있는 김밥집으로 재빨리 뛰어갔다.

"이모 여기 어묵탕 하나, 참치김밥 한 줄, 그냥 김밥 한 줄이요. 그냥 김밥은 싸주세요. 얼른 먹고 갈 거예요."

자리에 앉자마자 숟가락, 젓가락을 세팅하고 물을 받아 앉았는데 벌써 음식이 나왔다. 송송 썰린 참치김밥의 꽁다리부터 입에 넣었다. 건동은 어릴 때부터 꼭 김밥 꽁다리를 먼저 먹었다. 아무리 정갈하게 썰린 몸통이 있어도 끝이 삐져나온 가장자리부터 먹었다.

"어묵탕 나왔습니다. 맛있게 드세요."

건동은 목이 막히던 참에 잘되었다고 생각하며 어묵탕의 국물을 떠 입으로 가져가는데 휴대폰이 울리기 시작했다.

"네 원장님."

"야 이 쌍놈의 새끼야! 너 어디야? 너 이 새끼 누가 근무지 이탈하라고 했어? 어? 내가 지금 널 찾아야 하냐? 이 미친 새끼 보소. 아주 군기가 빠졌네. 새빠지게 안 튀어와? 어???"

건동은 깜짝 놀라 자리에서 일어나 문을 나서려는데, 가게 사장님이 그의 팔을 잡았다.

"계산은 하고 가야지!"

건동은 죄송하다고 고개를 깊이 숙이고는 만 원짜리를 한 장을 꺼내 드리면서 잔돈은 필요 없다고 급해서 간다는 말을 다 끝내지도 못한 채 주차된 차를 향해 달렸다.

"퍽!"

그가 차에 도착했을 때 원장은 그를 보자마자 뒤통수를 세게 때렸다. 건동은 이게 무슨 상황인가 싶어 고개를 들자 원장은 다시 한번 손바닥 자국이 세게 남을 정도로 그의 얼굴을 정통으로 강타했다.

"팍."

"왜…왜 그러세요?"

건동의 목소리가 부들부들 떨리기 시작했다. 그가 자리를 비운 건 십오 분 남짓. 잘못 봤나 싶어 휴대폰을 다시 열어 확인하는데 원장이 그걸 채서 바닥에 던져 밟고는 그의 뺨을 올려붙이기 시작했다.

"야 이 씨발놈아! 내가 자리 비우지 말라고 몇 번을 말했어? 어?"

원장의 얼굴은 벌겋게 달아올라 있었다.

"저 그게 아니라 좀 길어지시는 거 같…."

다시 한번 주먹이 날아들었다. 이번에는 코를 정통으로 맞았다. 건동은 얼얼한 나머지 두 손으로 얼굴을 감쌌다.

"여기서 날! 기! 다! 리! 는! 게! 네 일이라고. 그러라고 내가 돈 주는 거라고 알아? 하, 이 새끼 좀 보소."

그때 시끌시끌한 소리가 나면서 다른 이사장들이 한둘씩 주차장 앞에 대기 된 차를 향해 걸어오는 게 보였다. 그제야 원장은 손찌검을 멈추더니 그를 옆으로 밀치고는 그대로 운전석에 앉아 차를 몰고 가버렸다. 얼굴 여기저기 선명한 빨간 줄이 가 있는 채로 건동은 그 자리에 서 있을 뿐이었다. 한참 뒤 고개를 들어 차를 몰고 떠난 그 자리를 한번 짧게 응시하고는 자리를 떴다.

"무슨…일 있어요?"

"…."

"저 실장님…. 내가 긴말은 안 하는데 오늘 이사회 미팅 분위기가 좋지 않았나 보더라고요. 다른 분원에서 연락이 왔는데…. 오늘은 그냥 기분 좋지 않은 일이 있더라도 참아주시는 게…."

건동은 부장의 말에도 끝까지 고개를 들지도 대꾸도 하지 않았다. 여직원들은 눈치를 보느라 고개를 푹 숙인 채 숨마저 아주 작게 내쉬는 듯했다.

"저 없어요."

"네?"

"저 휴대폰 없다고요."

"아…. 알았어요. 오늘은 제가 하원 지도를 할 테니까 실장님은 자리만 지켜주세요."

고개를 든 건동의 얼굴을 보고 부장은 흠칫 놀랐으나 이내 진정시키고 말을 끝낸 뒤 사방이 투명한 자신의 자리로 건너갔다.

그의 마음은 부글부글 끓어오르지만 동시에 차갑고 고요하기도 했다. 그조차도 이러한 감정에 어떤 이름을 붙여야 할지 몰라 당황스럽기만 했다. 너무 순식간에 벌어진 일이었고 너무 바보같이 아무것도 하지 못했다.

"저 아저씨, 오늘 스파이더맨 놀이해요. 태워주면 제가 거미줄 촥촥 쏴도 되죠?"

세 시가 조금 넘자 말썽꾸러기 우원이와 하원이가 들어와 조르기 시작했다. 그러자 옆에 앉아있던 막내가 자리에서 일어나 아이들을 보충수업 교실로 데려갔다.

"오늘은 이거 좀 하고 있자. 선생님이 온라인(온라인 수업? 인강?) 안 해오면 스탬프 안 주신댔어. 우리 파티하는 날 얼마 안 남은 거 알지?"

건동은 여전히 양팔로 머리를 감싸 안은 채로 수그리고 있었다. 그의 귀에는 아무것도 들어오지 않았다.

"저 수납하러 왔는데요."

건동의 자리 앞에 학부모 하나가 서서 카드를 내밀었다. 하지만 그는 끄떡도 하지 않았다.

"저, 수. 납. 이. 요."

신용카드 끝으로 탁자 위를 날카롭게 두 번 쳤다. 고개를 든 건동과 눈이 마주쳤다.

"수납 안 하시냐고요? 몇 번을 말해야 해."

학부모가 구시렁거리며 한 마디를 보태자 건동이 거칠게 그 카드를 낚아챘다.

"얼마 긁어드려요? 얼마요? 얼마!!!"

그는 카드를 단말기에 꽂고 주먹을 세게 내리치며 소리를 질렀다. 그 목소리가 로비에 쩌렁쩌렁 울렸다. 그때 부장이 깜짝 놀라 뛰쳐나와 학부모를 데리고 상담실로 들어갔다. 씩씩대는 학부모를 앉히고 여러 말을 늘어놓고는 싹싹 비는 눈치였다.

"저기 실장님. 저 좀 봐요."

건동은 그녀를 따라 강사휴게실로 들어갔다.

"익스큐즈 어스."

부장은 앉아서 도시락을 먹던 원어민 둘을 향해 말했다.

"실장님, 무슨 일인지 대충 아는데. 그래도 이러면 안 되지. 제가 이야기는 해볼게요. 원장님 성격 알잖아. 근데 학부모는 우리 손님이잖아. 우리 장사 망치는 꼴이지. 이건 다 피해 보는 일이야. 오늘은 내가 다 커버할 테니까 그냥 일찍 퇴근해요. 원장님도 원에 안 들어오실 것 같고 들어오셔도 내가 잘 설명할 테니까. 그냥 가요. 알았지?"

부장은 화가 난 듯하지만 사정하듯 그에게 말하며 어깨를 툭툭 치고 자리를 먼저 뜨고 건동도 데스크로 돌아왔다. 컴퓨터를 끄고 자리에서 일어서려는데 알림이 떴다. 확인해보니 급여명세서였다. 오늘은 월급날이었던 거다.

"1,896,363."

찍힌 숫자를 보자 웃음을 참을 수 없었다. 그는 끅끅대며 박장대소하기 시작했다. 반대로 눈에 실핏줄이 잔뜩 섰다.

"뭐야? 아하하하."

그리고 고개를 돌려 여직원에게 말을 건넸다.

"이거 벌려고 지금 우리 이러는 거야?"

"네?"

"아 씨발. 좆같다. 아, 우리 월급 존나 하찮고 귀여워서 내가 웃음이 난다고."

건동은 원을 빠져나갔다. 여직원 둘은 서로의 얼굴을 멀뚱히 쳐다보며 상황을 파악하려고 애를 쓸 뿐이었다.

Chapter 24. 냉탕과 온탕 사이

"사장님, 오늘 시간 되세요?"

출근 때보다 이른 시간에 눈이 떠진 건동의 눈에 들어온 메시지 하나. 차영수가 대신 연락하라고 소개한 김 씨로부터 였다. 답장할까 말까 고민하다가 용건이 뭔지 묻기로 했다.

"무슨 일 있으세요?"

"아뇨. 그런 건 아니고 실장님들과 새롭게 사업구역을 넓히기로 해서 팀워크도 다질 겸 점심 하시면서 반주 한 잔 어떠신가 해서요."

"점심이요?"

건동은 당연히 안 된다고 해야 했지만, 전날 일 때문에 출근할 기분이 아니었다. 결국, No라고 할 거지만 일단 답을 던져두고 그 말을 가만히 바라보았다.

'점심이요? 점심이요? 점심이요? 점심이요?'

저녁때라면 좀 늦춰서 퇴근 후에 만나도 되겠지만 점심때라면 100퍼센트 불가능하다. 술 냄새를 풍기며 출근을 할 수도 없는 일이고 대화가 얼마나 오래 이어질지도 모를 일이니까. 몇 번 필름이 끊겨 집에 돌아온 터라 아무리 점심때 하는 가벼운 반주라고 해도 엄두가 나질 않았다.

'아, 몰라.'

"네, 가능해요. 주소 하나 찍어주세요."

건동은 씻고 나갈 채비를 마치며 향수를 옷 구석구석 뿌리기 시작했다. 마치 어제의 불쾌한 기억을 떨쳐버리기라도 하듯 평소보다 과하게 뿌린 향수가 앞섬을 축축하게 젖게 할 만큼.

"아이쿠 김 사장님이시구나! 또 마침 성이 같아서…. 반갑습니다. 이쪽으로 앉으세요."

김 씨는 건동을 보자마자 자리에서 벌떡 일어나 두 손으로 악수를 청했다. 그러면서 연신 실실댔다.

"아 네."

건동은 맞은편에 자리를 잡았다. 룸으로 예약을 해둔 터라 두툼한 방석이 한쪽에 차곡차곡 쌓여있고 메뉴판은 치워진 상태였다. 이미 메뉴를 결정해 예약해둔 듯했다.

“잠시만 실례해도 되겠습니까?”

닫힌 문 너머로 똑똑 노크하는 소리와 함께 직원의 말소리가 들려왔다.

“네 분 음식 바로 지금 준비해드릴까요?”

“아, 두 분이 좀 늦긴 하는데 맞춰서 올 것 같긴 해요. 네, 그대로 세팅해주세요.”

“알겠습니다.”

옆트임이 길게 난 기모노 차림을 한 직원은 뒷걸음질 치며 빠져나가 양쪽으로 문을 닫았다.

“여기로 모신 적이 있었나요?”

“저번에 비슷한 데에 실장님들과 간 적 있어요.”

“여기가 음식 맛이나 분위기나 서비스가 솔찬히 좋답니다.”

김 씨는 건동에게 몸을 한껏 기울이더니 속삭이듯 말을 했다. 애피타이저가 상을 가득 채웠을 무렵 실장 형제가 들어왔다.

“오셨어요?”

“에이. 공사다망하신데 걸음 해주셔서 얼마나 고마워.”

친근함의 표시로 반말을 섞어 쓰는 게 주특기인 차일수의 말투가 거슬리지 않았다.

“자자자자. 일단 받으시지요오~.”

김 씨는 건동의 잔을 채워주려 상체를 일으켰다.

"이렇게까지 안 하셔도 되는데…."

그 바람에 건동도 한쪽 팔로 다른 쪽 팔을 받치고 잔을 들어 받았다.

"아이고 사장님. 두 손으로 그러기 없기?"

그 잔을 받자마자 건동은 쭉 들이켰다.

"자, 이것도 한 입 드셔보시고요."

표고버섯과 함께 졸인 고기와 샐러드를 덜어 건동의 앞접시에 놓아주었다. 그는 이렇게까지 하지 않아도 된다고 손사래를 쳤지만 대접받는 기분이 좋은 건 참을 수가 없었다. 주차장에서 그를 두들겨 팼던 원장을 떠올리니 더 그랬다.

"네네. 맛있네요."

건동은 거절하지 않고 주는 대로 먹고 마시며 그 분위기를 맘껏 즐기기 시작했다. 두 팔을 뒤로 짚은 상태로 상체가 젖혀지며 좀 더 편한 자세를 취했다.

"아이고. 저번에 거래하신 분들이 어찌나 집을 마음에 들어 하시던지. 돌아본 신축 중에 최고라고 하십디다."

"그쵸? 저희와 하는 시행사가 잔뼈가 좀 굵어서 일을 좀 잘해요."

그 말에 덩달아 흐뭇해진 건동은 이번에는 반대로 빈 잔에 술을 좀 따라 달라는 시늉을 했다. 그러자 망설임 없이 김씨는 잔을 채웠고 실장 둘은 높이 잔을 들어 구호를 외치며 건배했다.

“김 사장님을 위하여.”

“야 이거 쌍팔년도에 하던 건데….”

분위기는 점점 풀어지고 달아올랐다. 음식이 일제히 치워지고 후식이 나왔다.

“이거 다 정리하고 놔드리겠습니다.”

눈으로 봐서 다 아는 내용을 직원들은 한번씩 더 설명했다. 무릎을 꿇은 상태에서 엉덩이를 살짝 떼고 무거운 그릇들을 착착 상 위에 늘어놓았다.

“대화 더 나누십시오.”

뒷걸음질 치며 나가 문을 닫으려는데 이번에는 건동이 불러 세웠다.

“수고 많으신데 이거 한 잔 받으시지요.”

평소에는 절대 하지 않았을 그의 돌발행동에 일행들은 흠칫 놀란 듯하였으나 이내 도와서 부추기기 시작했다. 직원은 이럴 때 어떻게 행동해야 하는지도 교육받은 듯했다.

“저희가 일하는 도중에는 음주할 수 없지만, 사장님께서 주시는 성의를 봐서 딱 한 잔만 받고 나가겠습니다.”

건동은 흡족한 표정으로 잔에 술을 따른 뒤 건네며 쭉 들이키라는 시늉을 하였고, 직원은 군말 없이 원샷을 한 뒤 빈 잔을 도로 두 손으로 건넸다.

"이야~!!!"

건동은 일어나 손뼉을 치며 나가보라는 과장된 몸짓을 했다. 마치 자신이 왕이라도 된 듯한 기분에 취해 어쩔 줄 몰랐다.

"사장님 오늘 기분 좋으신가 봅니다."

"아, 제가 이제야 맞는 대접을 받나 싶어서요."

그 말을 하며 건동은 다른 쪽 다리마저 접어 세워 앉았다. 그렇게 넷은 술잔을 주거니 받거니 하며 자리를 오래 지켰다. 본론은 헤어지기 전에 나왔다. 실장이 프린트한 구역도 하나를 가지고 왔다.

"지금 여기서부터 여기까지가 재개발인데 고도 제한이 걸려서 아파트는 못 들어오고 저희 쪽으로 넘어올 거 같아요. 세대수는 총 500세대 정도 될 것 같은데 김 사장님 쪽으로 진행해볼까 하는데 어떻습니까? 보시고 말씀해주세요. 이런 기회는 흔치가 않지요."

"근데 제가 지금 정확히 세어보지는 않았는데 꽤 하지 않았나요? 이렇게 많이 해도 되나요?"

건동은 약간 혀 꼬인 목소리로 답을 했다.

"당연히 되죠."

"가죠. 뭐. 그까짓 것. 고고~."

"현장에는 따로 나오실 필요 없고 저희 쪽에서 알아서 진행하겠습니다."

"네 그렇게 해주세요. 제가 따로 신경 안 써도 깔~끔하게 해주실 거죠?"

"그럼요. 그럼 그럼."

어느새 건동의 말투가 능글능글해지기 시작했다. 그날 넷의 회동에서 건동이 한 것은 아무것도 없었다. 제대로 확인도 하지 않고 그냥 분위기에 취해 사장 놀이에 취해 대답만 한 게 전부였다. 그건 이 모든 폭주의 시작이 되었다.

'부장님, 오늘도 몸이 안 좋아서 나가기 힘들 것 같아요. 죄송….'

"아니지, 내가 뭐가 죄송해?"

'부장님, 오늘도 몸이 안 좋아서 나가기 힘들 것 같아요.'

이번에는 문자를 보내자마자 전화가 왔다. 부장이 걸었을 게 분명해 받을까 말까 고민하다가 한참 만에 수신 버튼을 눌렀다.

"많이 아파요? 실장님?"

"아 그게…."

어제의 여파로 목이 잠겨있어 그런대로 둘러대기가 어렵지는 않았다.

"실장님 힘드신 거 아는데 저희 사정도 좀 생각해주세요.

오래 자리 비우시면 어려운 거 아시잖아요. 여직원 둘이 다 메꿔야 하고 제가 상담도 해야 하고요."

"네. 내일은 꼭 나가겠습니다."

"네. 그럼 몸조리 잘하시고 내일 꼭 출근하셔야 해요?"

전화를 끊자 갑자기 부아가 치밀어 올랐다.

"지가 뭔데? 그러고 보니 황당하네. 지가 뭔데 나한테 나와라 말라 해? 미친…."

건동은 그대로 옷을 차려입고는 보란 듯이 밖으로 나섰다.

"저 집 좀 알아보러 왔는데요."

그가 들어서자마자 공인중개사사무소 사장은 그의 차림새를 위아래로 훑기 시작했다. 수제 가죽구두에 슬랙스를 입고 셔츠 위에 니트를 껴입고 선글라스까지 꼈다. 살짝 보이는 손목에는 롤렉스까지.

"아이고 안녕하세요. 사장님, 얼른 앉으세요. 이쪽으로요."

건동은 몸을 깊숙이 소파 안으로 파묻고 다리를 꼬았다.

"어떤 매물을 찾으세요?"

"아 그 한강 조망되는 아파트로 보려고요."

"매매하실 건가요?"

"아뇨. 월세로 살아보고 맘에 들면 뭐 사죠."

"그럼 생각하신 액수가 있으세요?"

"액수는 상관없고 집이 마음에 들었으면 좋겠어요. 혼자 살 집이니까 뭐 그렇게까지 크진 않아도 되고요."

"그래도 쓰실 수 있는 액수가 있으실…."

"그건 걱정 안 하셔도 되고 제일 좋은 집으로만 보여주세요. 저 막 돌아다니고 재고 그런 거 싫고요. 대신 컨디션 완전 좋은 집으로요."

"네네네. 뭐 그런 조건이면. 근데 사장님 시원시원하셔서 좋다."

공인중개사사무소 사장은 엄지를 치켜 보여줬다. 그러고는 직원에게 차 키를 건넸다.

"우리 사장님 잘 모셔."

"네."

그날, 이사한 지 석 달도 되지 않아 건동은 다시 한번 이사할 집을 계약하게 되었다. 이번에는 2년을 꽉 채운 기간이었다. 가계약하며 놀라지도 않았다. 월 이백오십이라는 금액에도 척척 사인했다. 부동산 사장은 연신 그를 추켜세웠다.

"아이고 월세로 이렇게 시원하게 쓰시는 거 보니까 직장이 아주 탄탄하신가 봅니다?"

그저 웃자고 하는 소리였는데 그 소리에 건동이 얼어붙듯이 멈춰 섰다.

"왜 혹시 뭐 불편하신 거라도…."

“아뇨. 그런 건 아니고요.”

돌아오는 길, 건동은 조수석에 놔둔 계약서가 들어 있는 서류 봉투 끝을 만지작거렸다. 그의 머릿속에 맴도는 말.

‘직장이 아주 탄탄하신가 봅니다?’

“직장이 아주 탄탄하신가 봅니다?”

그 말을 소리 내 반복하며 입맛이 씁쓸해졌다. 그는 이런 학원에서 그런 뒤치다꺼리나 할 사람이 아니었다. 이미 강남에 가진 집이 몇십 채인데 앞으로는 사업가가 될 몸이라는 생각이 들자 핸들을 잡은 손에 힘이 들어갔다.

‘내가 그런 병신 같은 새끼 운전이나 해줄 군번이 아니지. 그치 암.’

그 순간 제한속도를 훌쩍 넘겨 액셀을 밟아 질주하기 시작했다. 과속카메라도 몇 번이나 무시한 채.

Chapter 25. 너는 내가 한 방 먹이고 간다

"아 네네…. 그러세요…. 네네…."

전화를 끊자마자 교수부장이 유리문을 쓱 열고 나와 건동 앞에 섰다.

"실장님, 저 좀 보시죠?"

꽉 낀 팔짱을 풀 생각도 하지 않고 어금니를 꽉 문 채로 그를 호출했다. 건동은 그 뒤를 따라가면서도 무념무상인 상태로 건들거렸다. 사실 부장이 무슨 말을 하든 전혀 상관없었다.

"저 실장님. 제가 지난번에 그 일 봐 드린 거랑 일하시는 태도랑은 별개 문제죠. 제가 참고 참다가 지금 말씀드리는 거예요. 솔직히 제가 인간적으로 실장님한테 못되게 군 적 있어요? 저도 여기서 일한 지 벌써 십 년 차예요. 돌아가는 상황 훤히 알고요.”

“네….”

건동은 고개를 여전히 테이블 바닥으로 떨어뜨린 채 건성으로 답을 했다.

“제가 속 시원히 말했으면 하죠? 하지만 관리자라는 위치가 그렇지 못해요. 근데 분명히 말씀드릴 수 있는 건 뭐냐면 어딜 가나 깨끗하기만 하고 이상적이기만 한 조직은 없다는 거예요. 저도 학부모님들한테 맞아도 봤고 돈 떼여도 봤고 고소 고발한다는 협박도 부지기수로 들었어요. 다만 그냥 티를 안 내려고 하는 거죠. 그런 것도 월급에 다 포함되어있다고 생각하며 일하는 거라고요. 그런데 지금 실장님 일하시는 모습은 아주 아~주 맘에 안 들어요. 이렇게 비협조적으로 일하면 안 되죠. 제가 왜 실장님을 뽑았는데요.”

부장은 그 말을 하고서는 고개를 옆으로 돌려 깊은 한숨을 내쉬었다.

“저를 왜 뽑으셨는데요?”

건동은 표정의 변화 없이 천천히 되물었다. 그러자 부장은 의외의 반응에 깜짝 놀란 듯했다.

“왜 뽑았냐고요? 그건….”

부장은 채 말을 다 잇지 못하고 떠다놓은 물을 마셨다.

“그건…. 열심히 할 거 같아서였어요. 솔직히 말해서 실장님이 사회생활 공백이 길었잖아요. 저도 그랬어요. 일을 늦게 시작했단 말이에요. 그래서 이 기회가, 이 자리가 귀했다고요. 놓치면 다시 또 기회가 안 올 수도 있으니까. 전 실장님이 저와 같은 심정이라고 생각했어요."

"절박해서 못 그만둘 거 같아서 무슨 일이든 할 테니 뽑았다는 거네요?"

건동이 이번엔 싱글싱글 웃으며 쓴 말을 아무렇지도 않게 뱉어냈다. 그 반응에 풀었던 팔짱을 부장은 다시 단단하게 꼈다.

"실장님이 그렇게 생각하시면 전 할 말 없고요. 다만, 전 경고했어요. 이렇게 일하시면 안 된다고. 우리 회사는 자리만 차지하는 사람 내버려 두지 않아요."

부장은 그대로 일어서 휴게실을 나가버렸다. 건동은 온몸의 힘을 쫙 푼 채 두 팔을 떨어뜨리고 거의 눕다시피 한 자세로 의자에 앉아 읊조렸다.

"나도 상관없어."

"실장님. 원장님이 찾으세요."

"왜?"

"네? 그런 이야기는 따로 없으셨는데요."

"그럼 물어봐요. 무슨 일인지."

"네? 갑자기 왜…."

막내가 당황해 말끝을 흐렸다. 평소 원장이 호출하면 두말하지 않고 달려가던 그였다. 그런데 지금 직원에게 다시 그 이유를 물어보라고 한 것이다.

"진…짜로요?"

막내가 조심스레 다시 물었다.

"네. 진…짜로요!"

말투를 흉내 내어 그대로 따라 하면서도 말끝에 힘을 주었다.

"네…."

막내는 전화를 들어 원장에게 그 이야기를 전했다. 무슨 일로 부르시는 거냐고. 그 말이 끝나기 무섭게 수화기 너머로 고함이 흘러나왔다. 막내는 어쩔 줄 몰라 쩔쩔맸다. 그러나 건동은 손 하나 까딱하지 않았다. 잠시 뒤, 원장이 씩씩거리며 데스크로 왔다.

"너 이 새끼 뭐야? 미쳤어? 돌았어?"

그때 교수부장실에서 상담받던 학부모 한 명이 고개를 돌려 소리가 난 쪽을 쳐다봤고 부장은 자리에서 일어나 문을 닫았다.

"아니 지금 일이 바쁜데 무슨 일로 부르셨나 해서요. 급한 거 아니시면 나중에 가려고 했죠."

"와 나 이 새끼…. 하…. 미쳤네? 돌았네? 뭐 이 새끼야?"

"저, 원장님. 목소리 좀 낮추세요. 학부모님이 이 소리 다 들으시고 등록 안 하시고 그냥 가시면 어떡해요?"

건동이 소곤거리며 말을 이어 나갔다. 걱정이 뚝뚝 배어 나오는 어투로 조롱하자 원장은 기가 찬 듯했다. 건동의 멱살을 잡고 그대로 옆으로 끌어냈다. 그가 질질 끌려 나왔다.

"너 뭐라고 새끼야? 너 낼부터 나오지 마! 이 개새끼야. 간이 배 밖으로 나왔나. 아이고 이 싹수 노란 놈 좀 보소? 너 이 새끼 다른 데 취업도 못 하게 할 거야, 이 개새끼야. 어디 여기로 전화만 해봐. 이 쌍놈이 어디서 기어올라 기어오르기를?!"

이 말을 하면서도 학부모가 의식이 되었는지 원장은 이를 앙다물고 최대한 작게 말을 이어 나갔다. 이번엔 건동의 반격이 시작되었다. 멱살을 잡은 손을 세차게 쳐내고 거꾸로 그의 멱살을 꽉 들켜 쥐었다.

"야 이 개새끼야. 그래 그만둘게. 안 나온다고. 근데 그거 알아? 나 다시 이쪽에서 일 안 해. 어디서 부모 잘 만나서 금수저 물고 태어나서는 편하게 먹고사는 새끼가 누구보고 이래라 저래라야? 미쳤냐? 돌았냐? 정신 나갔어?"

그러면서 동시에 건동은 원장의 뺨을 살살 건드리듯 쳤다. 당황한 나머지 말을 잇지도 못하고 건동의 손을 뿌리치지도 못한 채 원장의 얼굴이 시뻘겋게 달아올라 있었다.

"근데 말이야. 내가 그만두더라도 너 같은 개새끼는 그냥 두기 싫지. 개쪽을 보여줘야!!! 되겠단 말이야!!!"

그와 동시에 건동은 마구 소리를 질러대기 시작했다. 그 고함에 놀란 학부모가 가방을 급하게 챙기더니 건물 밖으로 나가버렸다.

"이거 안 놔? 이 새끼가 약을 했나 왜 이래? 좀 맞았어?"

원장은 그의 두 손을 뿌리치려 발버둥 쳤지만 이미 이성을 잃은 건동을 제압하기엔 역부족이었다.

"안 맞았다, 이 새끼야. 이거 한 대. 짝! 이거 두 대. 짝!"

건동은 한 손으로는 원장의 목을 단단히 움켜쥔 뒤에 뺨을 올려붙이고 뒤로 던지듯이 내팽개쳤다. 다리에 힘이 풀린 그는 자리에 주저앉아 버렸다.

"너 저번에! 이사회 가서! 나한테 손댔지? 개새끼야? 밟아 죽여도 시원찮아."

마지막으로 건동은 슬리퍼 자국이 하얀 셔츠에 선명히 남도록 원장의 옆구리를 밟았다.

"어차피 네가 나한테 한 짓거리도 블랙박스에 다 담겨있거든? 고소하려면 해. 나도 가만 안 있을 테니까. 내 눈에 띄지

마? 알았어? 어디서 좆만 한 게. 캬.”

건동은 침을 거세게 뱉고는 재킷과 휴대폰을 챙겨 학원을 빠져나갔다. 그제야 데스크 직원들과 부장이 힘을 합쳐 원장을 일으켜 세운 뒤 부축했는데 그는 그 손길을 뿌리친 채 아무런 소리도 하지 못하고 원장실로 사라졌다.

주차장에 도착한 건동은 경쾌하게 두 번 키를 누르고 자리에 앉은 뒤 허밍을 하며 건물을 빠져나와 새로 이사한 집으로 운전했다. 무섭도록 침착한 모습으로.

“오늘은 한잔하기 좋은 날이다. 그치?”

혼잣말하며 그는 한강 조망권 아파트 거실에 앉아 와인을 한 병 따서 잔에 부은 뒤 안락의자에 기대어 두 다리를 쭉 뻗은 채로 노을을 감상했다. 그리고 그의 행복감을 더해줄 소식 하나. 500만 원이 입금되었다는 메시지. 건동은 더 이상 기쁠 수 없다는 듯 취한 기분을 만끽하듯 몸을 더 깊숙이 뉘었다.

Chapter 26. 무슨 일하시는 분이세요?

“저 그런데 무슨 일하세요? 제가 자세한 이야기는 못 듣고 나와서요.”

그 말을 하며 한쪽 귀 뒤로 머리카락을 넘기는 여자. 귓불에 착 매달려있는 도톰한 진주 귀걸이가 때마침 반짝하고 빛이 났다.

“아 저 사업해요.”

“무슨 사업 하시는데요? 제가 너무 캐묻는 건가?”

그 말을 하고는 여자가 건동 쪽으로 몸을 좀 더 숙였다.

“부동산이라고 생각하시면 돼요. 임대사업… 하고 있습니다.”

“오~. 그래요?”

여자는 다시 커피를 홀짝이며 말했다.

"멋있네요!"

건동은 그 말에 슬그머니 가슴을 자신도 모르게 쫙 펴고 다리까지 꼬았다.

"그런데 하신 지는 얼마나 되신 거예요?"

"음. 그게 약~간 복잡한데 전업으로 한 지는 일 년이 좀 넘고요. 그전에는 회사 다니면서 겸업으로 했어요."

"아, 그럼 원래 이 일 하시던 분이 아니시구나. 그전에는 무슨 일하셨는데요?"

"그전에요?"

건동은 시간을 벌기 위해 질문을 따라 하며 동시에 속으로 생각했다.

'그전이라….'

얼마 되지 않은 일이지만 이제는 전생처럼 느껴질 정도였다. 국가고시만 십 년을 준비하다 모조리 떨어지고 급한 마음에 구한 일이 학원의 계약직 실장. 그러다가 부동산 투자의 맛을 알게 되었고 굽실거리게 했던 원장 놈에게 한 방 먹인 뒤 이제는 백수와 다름없는 일상을 보내지만 버는 돈은 하늘과 땅 차이인 현재.

'어떻게 이렇게까지 흘러왔을까?'

그 생각을 하니 흐뭇한 미소가 절로 띠어졌다.

'될 사람은 된다더니….'

"저…?"

여자는 이미 저 멀리 추억여행을 다녀온 건동의 대답을 기다리며 포크로 디저트 그릇 가장자리를 살짝 쳤다. 쨍하는 소리와 함께 그가 현실로 다시 돌아왔다.

"아, 아닙니다."

건동은 손을 흔들어 보이며 아무렇지 않은 척하고 둘은 다시 대화를 이어 나갔다.

"오늘 잘했어?"

"어? 응. 말은 제법 잘 통하던데?"

"그럼 둘이 또 보기로 한 거야?"

"글쎄…."

"글쎄가 뭐야. 이번이 벌써 다섯 번짼데…. 애프터 신청도 하고 그래야지, 인마."

"그러게. 아직 그렇게 맘에 썩 차는 사람은 없네?"

"아직도 니 레벨 맞는 사람이 없다 이거냐?"

"뭘 또 그렇게까지. 하하하."

건동이 본격적으로 이 일을 한 뒤로, 정확히는 200채가 넘는 집을 보유한 임대사업자로 완벽하게 변신한 뒤로 한동안 뜸했던 동창회를 다시 나가게 되었고 이제는 위화감 없이 그들과 잘 섞여 지낼 수 있게 되었다. 외제 차를 몰고 강남의 아파트에서 사는 미혼인 그에게 친구들은 소개팅을 시켜줬다. 하지만 건동은 아직 때가 아니라고 생각했다. 세상을 매우 놀라게 해줄 부자가 되는 게 그의 목표가 되었기 때문에 이 레이스를 여기서 멈추기에는 아까웠다. 좀 더 달려볼 작정이었다.

"아들~. 돈 보내준 거 잘 받았어. 그렇게까지 해달라고 말 꺼낸 건 아닌데…."

아빠가 임플란트해야 한다는 이야기를 꺼내자마자 그는 그 자리에서 500만 원을 보냈다. 엄마의 말투에서는 미안함과 동시에 자부심이 묻어나왔다.

"아들. 이번 달엔 한 번 내려올 수 있어? 내가 하도 우리 아들 자랑했더니 형님들이 보고 싶다고 해서. 근데 바쁘지?"

"형님들이요?"

"아니, 동네에서 오래 보고 지낸 아줌마들."

"아이 또. 엄마 버릇 나온다. 사람들이 오해해. 크크크. 그리고 이번 달에는 좀 힘들 것 같아. 다음 달에 한 번 내려가든지 할게요."

"응 알았어. 바빠도 밥은 잘 챙겨 먹고. 알지?"

"네."

빠듯한 형편이던 시절의 건동이라면 상상도 못 했을 일이었다. 십 년간 아들 시험 뒷바라지하게 만들고 손이나 벌렸지 제대로 된 용돈 한번 드린 적이 없다. 그런데 이제는 필요할 때마다 척척 아쉽지 않게 챙겨드릴 수 있게 된 거다. 그는 그저 흐뭇하기만 했다.

"그래~. 오늘은 뭘 하지?"

엄마와의 통화를 마치고서 건동은 자리에서 일어나 이부자리를 정리했다. 그게 그가 그날 해야 할 일의 전부였다. 느지막이 일어나 점심을 사 먹고 헬스장에서 운동하다가 쇼핑하고 저녁까지 해결하고 집으로 돌아와서는 영화를 보고 스마트폰을 만지다 잠이 든다. 30대의 다른 남자들이 부러워하는 데는 이유가 다 있는 법이다. 하지만 이런 일상에 슬슬 권태가 끼어들기 시작했다.

"오늘은 현장에 나가봐?"

건동은 골라놓은 니트에 청바지 대신 완벽한 한 피스의 슈트를 입고 집을 나섰다.

"잘~ 지내셨죠?"

"아이고. 김 사장님이 여기까지 어쩐 일이시래요?"

그가 공인중개사사무소 문을 열고 들어가자 놀란 실장은 자리를 안내하고 직원에게 눈짓으로 커피를 타오라고 시켰다.

"아니 그냥, 저도 직접 이렇게 한번 와서 보기도 하고 또 챙기기도 해야 할 거 같아서요. 직접 인사도 할 겸."

마지막 두 글자를 속삭이듯 내뱉고는 머리받이에 목을 파묻고 눕듯이 앉았다.

"아이고 안 그러셔도 돼요. 저희가 어련히 알아서 잘할까? 사장님은 그냥 굿이나 보고 떡이나 드시면 된다니까. 이렇게 쉬운 일이 어디 있어?"

"아니죠. 그래도 이렇게 잘해주시는데 제가 한번 와서 얼굴도장도 찍고 또 저희 세입자분들한테 인사도 드리고 그래야죠. 한번은 그래야지. 그게 사람 도리죠."

"아니 뭐. 워낙 바쁘시니까 우리는 배려해서 그런 거죠…. 정 그러면…."

"계약서 한번 봐도 돼요? 입금 팝업으로만 대충 몇 집이다, 그렇게만 아는데."

"아니 뭐 못 볼 건 없는데…. 그걸 따로 보관해서. 워낙 우리 사장님은 보유하고 계신 물건이 특별하고 또 많잖아. 그래서 아마 그거 실장님이 가지고 계실 건데…."

"그래요? 그럼 한번 찾아봐 주세요."

건동은 그러면서 몸을 일으켜 세우지도 않은 채로 팔만 뻗어 커피를 들이켰다.

"좀 걸릴 텐데…. 실장님이 자리 비우셨으면 오래 걸릴 수도 있는데….”

“그래요? 그럼 저 식사 좀 하고 올게요. 편하게 일 보시고 전화 주시면 바로 오죠, 뭐.”

“그렇게 하실래요? 네, 그럼….”

건동은 일어서 남은 커피까지 후루룩 마셔 버리고는 가게 바로 앞에 대놓은 차를 끌고 사라졌다. 그 모습이 사라질 때까지 지켜보던 공인중개사 김 씨는 인상을 잔뜩 찌푸렸다.

“사장님, 지금 실장님이 멀리 나가셔서 자리에 안 계신다는데 어쩌죠? 출장이 있으셔서 급하게 내려가셨데요.”

“아 그래요? 그럼 뭐 어쩔 수 없죠. 네, 알겠습니다.”

‘그럼 그냥 직접 얼굴이나 보지 뭐.’

이미 그 근방의 건물은 다 건동의 세입자로 꽉 차 있었다. 신축 빌라가 통으로 그의 명의로 되어있으니 가서 얼굴이나 보고 갈 참이었다.

“아이고, 수고하십니다.”

“네? 무슨 일로 오셨어요?”

“아~. 그게~.”

건동은 관리원에게 손짓으로 위를 가리켰다.

“네?”

“아, 여기가 우리 집이라 세입자분들 집에 계시면 인사라도 드릴 겸 왔어요."

"네? 몇 호요?"

"다요."

건동은 너무 자랑하는 듯싶어 작게 말했다. 관리원은 그 말을 듣고 건동을 한번 쑥 훑어보고는 뭔가를 생각하는 눈치였다.

"약속은 하고 오셨어요?"

"그건 아니지만, 근방에 왔다가 인사나 좀 드릴까 해서."

"…."

관리원은 한참을 어떻게 해야 하나 눈치를 살피는 듯했다. 그때 한 손에 쓰레기봉투를 든 고무줄로 머리를 질끈 묶은 여자와 반바지에 민소매 차림으로 슬리퍼를 찍찍 끄는 남자가 건물 밖으로 나왔다.

"저…. 몇 호에 사세요?"

"…."

"네?"

"아 제가 여기 집주인이라서요. 계약할 때 인사를 못 드려서 들렀어요."

"집주인이요?"

둘은 시선을 교환하며 알쏭달쏭한 표정을 지었다.

"계약하실 때 저희 대리인이 했을 거예요. 실제로는 제가 여기 건물 다 가지고 있고요."

건동은 의구심을 떨쳐버리게 만들기 위해서 손으로 큰 원을 그려 보이며 친절하게 설명했다.

"아…. 그건 기억해요."

여자가 껄끄러운 표정으로 다시 한번 남자를 쳐다봤다.

"저 근데, 저희 이사 이야기는 들으신 거죠? 저희 2년 만기라 나가야 해서 대리인 분한테 노티스 드렸는데 답이 없으셔서요. 차라리 잘됐네요. 직접 연락드릴 걸 그랬어요."

"이사 가시는구나? 저희 실장님한테 연락하신 건가요?"

"실장님인지 누군지는 잘 모르겠고요. 차영수 님이요."

"아하, 우리 실장니임~."

"네. 전화로 한번 통화하고 문자도 몇 번 넣었는데 답을 못 받아서요. 저희가 청약된 집 들어가는 거라 잔금도 내야 하고 그래서 꼭 다음 주까지는 받아야 하거든요. 저 연락처 하나만 주세요."

"그럼요."

건동은 남자가 내민 스마트폰에 번호를 찍어줬다. 그리고 여자는 남자 뒤에 서서 들고 있던 쓰레기봉투를 내려놓고 주머니에 넣어놓았던 스마트폰을 꺼냈다.

"다음 주까지 해주실 거죠? 계약 만기 3개월 전에 미리 연락드렸고 전화 한 번 문자 세 번이니까 저희는 충분히 말씀드린 것 같은데요."

"당연히 드려야죠. 제가 실장님하고 이야기 나누고 바로 처리해드릴게요. 요즘 바쁘셔서 못 챙기셨나 보다."

"정말요? 감사합니다. 잘 좀 처리 부탁드릴게요."

그는 그렇게 말하며 휴대폰에 찍힌 번호로 전화를 걸었고 바로 건동의 휴대폰이 울리자 안심하는 눈치였다. 건동은 기분 좋게 둘을 보내고는 부동산으로 바로 전화를 다시 걸었다.

"무슨 일로…?"

"저, 저희 세입자분을 지금 만났는데요. 전세 만기인데 보증금 못 받으셨다고 연락도 안 된다고 그러시는데요?"

"아…. 그래요? 제가 확인하고 처리해달라고 할게요."

"네. 이런 건 원래 시원시원하게 처리해줘야죠. 안 그러면 갑질한다는 소리 들어요? 하하하."

건동은 이때만 해도 무슨 일이 벌어지고 있는지, 앞으로 무슨 일이 벌어질지 상상도 못 하고 있었다.

다음 날 아침, 잠에서 깨기도 전에 메신저 알람 소리가 계속해서 울렸다.

"뭐…야…."

진동으로 해두지 않고 소리로 해둔 탓에 자꾸만 시끄러운 소리가 울렸다. 무음으로 해놓을까 하다가 이미 잠도 달아난 상태라 확인해보니 웬 모르는 채팅창에 건동이 초대가 되어 있었다.

"안녕하세요. 저 어제 뵈었던 세입자입니다. 집주인분 맞으시죠?"

"네, 안녕하세요. 맞습니다."

"김건동 사장님이신 거죠?"

"네 맞아요."

그러자 갑자기 쏟아지는 대화. 알고 보니 채팅방 참여자가 68명이나 있었다.

"저 사장님 연락처 받았다는 이야기 듣고 들어왔는데요. 저희도 전세 만기라 나가야 해요. 아무리 연락드려도 답이 없길래 어떻게 해야 하나 하다가 이렇게 초대받아서 들어왔어요."

"저희 명신인데요. 203호요. 계약할 때 주인분이 사업을 하셔서 대리인이 오셨다고 해서 그동안 쭉 그분하고 이야기했는데요. 하자가 나도 안 고쳐주시고 참다 참다가 저희 이제 다른 집으로 이사 가는데 아예 번호를 차단하셨는지 카톡 확인도 안 하시고 아예 답이 없으세요."

"저희도 만기 얼마 안 남아서 내용증명까지 보냈는데…."

"저희는 만기 지났어요."

"저희 가만히는 안 있을 거예요. 제때 안 주시면 임차권등기 설정할 거고요. 그럼 기록에 남는데 그런 집에 누가 세입자로 들어가겠어요? 그러고도 안 되면 저희는 변호사 선임해서 뭐든 다 할 거니까 알아서 하세요. 힘없고 당하기만 하는 세입자 다 옛날 소리예요."

쉴 새 없이 이어지는 카톡 소리와 메시지들. 건동은 뭐라 답을 할 기회도 얻지 못한 채, 이 상황을 이해하지도 못한 채 폰을 손에 들고 앉아만 있었다.

도피

Chapter 27. 도피의 시작

“이거 이체 좀 해주세요.”

“어디에 필요하신 건지 여쭤도 될까요?”

“네?”

“그게 아니라 고객님. 요즘 보이스 피싱 때문에 일정 금액 이상 출금하시거나 이체하시는 분들께는 한번씩 여쭙고 고지하고 있습니다. 너무 불편하게 생각하지 말아 주세요.”

“아…. 전세금 돌려주는 거예요. 걱정 안 하셔도 돼요.”

“그렇군요. 그럼 세입자분께 드리는 건가요?”

“네.”

“그럼 말씀하신 5억 9천만 원 전부 이체해드리면 될까요?”

“네네. 그렇다고요.”

건동은 못내 짜증이 났다. 절차건 뭐건 그런 것 따위는 안

중에도 없다. 뒤통수 맞은 것 같은 더러운 기분이 가시질 않는 이 상황에서 정곡을 찌르는 질문 덕분에 그 사실을 다시 한번 깨닫게 되어 성질머리가 단단히 났다. 통장에 줄곧 6억대의 잔액을 유지한 이래로 단 한번도 집과 관련해서 돈을 낸 적이 없었다. 그래서 부아가 더 치밀었다. 당연히 줘야 할 돈이라는 생각은 들지 않고 누군가 자신의 호주머니를 뒤져 강탈해가는 기분이었다.

"네. 처리되셨습니다. 한번 확인해보시고요. 거래해주셔서 감사합니다."

건동은 눈도 마주치지 않고 대꾸도 하지 않은 채 한 손으로 낚아채듯 통장을 가지고 은행을 나섰다. 그와 동시에 카톡 메시지를 보냈다.

'이체해드렸어요.'

'감사합니다. 확인했습니다.'

건동은 한숨을 내쉬었다. 이게 끝이 아닌 시작이었다. 속으로는 그러지 않길 바랐지만.

"저, 전화 피하는 거 다 알거든요? 전화 좀 받으시라고요. 지금 이게 뭔 난리 통이에요. 지금 채팅창에 톡이 어마어마해요. 빨리 연락해 주세요. 안 그럼 가만히 안 있습니다."

그건 거짓이 아니었다. 아침에 눈 뜨기가 겁날 정도였다. 그래서 요즘엔 전화를 아예 꺼두고 잠들었다. 일단 빌라 앞에서 마주쳐 번호를 알아간 사람에게는 돈을 돌려줬다. 하지만 지금 그에게 전세금을 돌려달라는 이는 50명이 훨씬 넘었다. 그리고 아직 채팅방에 초대되지 않은 이까지 합치면 어느 정도 수준일지 상상이 가질 않았다.

'이게 대체 뭔 수작이야?!'

그렇게 연락만 잘 되던 차영수, 차일수 형제 모두 소식이 닿질 않았다. 사무실에 찾아가 봤지만, 문도 잠겨있고 전화도 받질 않았다.

"저기, 여기 사무실 나갔어요?"

"어디요?"

"저 맨 끝의 투자사무실이요."

"아…. 그 옷 쫙 빼입고 왔다 갔다 하던? 지난주에 물건 빼는 것 같아서 이사하냐고 물어보니 아니라고 하던데."

'씨발 새끼. 그렇게 이야기했겠지. 토끼는 새끼가 지 입으로 저 토껴요 하고 말할 리가 없지.'

건동은 이제야 상황 파악이 되는 듯했다.

"어서 오세…."

"인사 필요 없고요. 저기요. 뭡니까?"

"사장님 무슨 일이신지…."

"다 알고 왔다고요."

"뭘 알고 오셨다고 하시는 건지 참…."

"다 알고 왔다고요."

"아이고 아침부터 무슨 스무고개 넘는 것도 아니고."

"개소리하지 마시고 똑바로 말하라고!"

"…."

막내 직원이 놀라 자리에서 일어났다. 그러자 부동산업자 김 씨는 오만 원짜리 한 장을 꺼내 밥이라도 먹고 오라며 그를 내보냈다. 부동산업자는 가게 앞을 이리저리 훑어보더니 문을 닫고 잠갔다.

"뭔 소리야?"

"뭐?"

"뭔 소리냐고? 내가 아주 사장님 사장님 하면서 모시니까 보이는 게 없는가 본데. 뭘 알고 왔는데, 뭘 말하라고 이 지랄이냐고."

"하! 이렇게 나오시겠다? 차영수랑 차일수 그 새끼들 지금 어딨어?"

"내가 걔네가 어딨는지 어떻게 알아?"

"셋이 한 패로 짝짜꿍해서 다 해 처먹었잖아!!!"

그러자 공인중개사 김 씨가 몸을 앞으로 숙이며 속삭였다.

"한번만 더 개소리해봐라. 뒤진다."

그 말을 하는 표정이 못내 살벌했다. 눈에는 살기가 가득

하고 얼굴 근육이 툭툭 불거지는 게 눈에 보일 정도였다.

"그러니까 차영수랑 차일수 어딨는지만 말하라고. 다 알고 왔다고."

"차영수 차일수는 계약서 작성할 때만 보고 연락 따로 안 한다고. 나도 얼굴 못 본 지 꽤 됐어."

"내 돈 어떻게 할 건데? 어떡할 거냐고?!"

"너 돈? 네가 돈이 어딨어? 애초에 이 빌라 살 때 네 돈으로 샀어? 넌 그냥 커미션만 처먹은 거잖아. 근데 인제 와서 무슨 돈?"

"그러니까 그 빌라 세입자들이 나간다고 하잖아! 그럼 그 돈을 돌려줘야 할 거 아니야!!!"

"그 집 네 거니까 그걸 팔든지 해서 주면 되겠네~!"

"내가 다 알아보고 왔어. 보증금으로 5억 9천씩 받아먹었더라? 근데 지금 매매가가 얼만 줄 알아? 5억 1천이야. 그럼 한 채당 8천만 원씩 마이너스가 났는데 그걸 내가 어떻게 줘? 내가 돈 받았어? 내가 돈 받았냐고? 난 오백씩 먹은 거밖엔 없어. 니들이 다 해 먹었잖아. 이 씨발 새끼들아!!!"

김 씨는 하나도 당황한 기색이 없었다. 마치 건동이 이렇게 나올 줄 알고 있었다는 듯이 침착하게 듣고만 있었다.

"아오! 퍽!"

화가 난 건동이 앞에 놓인 컵을 들어 벽에 집어 던지자 부서져 산산조각이 되어 바닥에 흩어졌다. 하지만 그 상황에서도 김 씨는 눈 하나 깜짝하지 않았다. 그때였다. 뭔가 잘못되어가고 있다는 걸 확실하게 깨달은 게.

"야, 내가 한번만 말할 테니까 잘 들어. 다시 이런 식으로 와서 행패 부리면 너 가만 안 둬. 경찰에 신고해버리지. 그것뿐이겠어? 영업 방해부터 시작해서 공갈·협박에 갖다 붙일 수 있는 죄목이란 죄목은 다 붙여서 고소 먹일 거야. 나는 김건동 네 명의로 되어있는 빌라 매물을 차일수, 차영수가 대리인으로 와서 중개해준 거야. 그것뿐이라고. 나하고는 아무런 관계가 없는 일이야. 알았어?"

"뭐? 너도 뭐 처먹었을 거 아니야? 그리고 공인중개사사무소가 이런 일 처리하라고 있는 거 아니야? 그럼 왜 있는데?"

기세가 조금 수그러들기는 했지만 건동은 여전히 씩씩대며 말을 이어갔다.

"응 아니야. 잘 들어라. 응? 공인중개사는 거래 물건의 계약을 중개하는 역할을 할 뿐이지 당사자의 분쟁과는 아무런 상관이 없어. 책임을 질 필요도 없고."

"개소리하네. 차영수 차일수한테 뽀찌까지 받아먹었으면서 인제 와서 딴소리하고 자빠졌네. 내가 너 가만 안 둬. 이 사기꾼 새. 끼. 야."

"흥. 지랄은 네가 하고 자빠졌지. 어디서 새파랗게 어린놈의 새끼가 부스러기 주워 처먹다가 탈이 나니까 땡깡 부리고 있어? 몰랐어? 네놈 명의로 진행한 일의 피박은 다 네놈이 쓰는 거야."

건동은 더 할 말을 찾지 못하고 삿대질하다가 다시 오겠다는 말을 남기고 잠긴 문을 열고 나가 버렸다.

"이른바 셋업 범죄라고 하죠? 요즘 부동산 갭투자로 이런 사기를 치는 일당들이 많아요. 시스템은 보통 이렇게 돌아갑니다. 신축 빌라를 올릴 때 업자가 붙어요. 왜냐면 건축업자가 그걸 일반분양해서 파는 게 쉽지 않고 당장 큰돈이 필요하니까 업자랑 짬짜미해서 바지사장을 하나 물어와요. 그런 다음에 살살 꼬드기는 거지. 집이 만약 3억 2천이면 업 계약서로 금액을 부풀린 다음 3억 4천에 전세를 놓고 오히려 거기서 남는 돈의 얼마를 준다고. 이게 새집이니까 아직 시세가 형성되기 전이잖아요? 그러니까 뻥튀기를 하는 거지. 그리고 새집 전세는 수요가 많거든. 그러고는 자기네들이 공인중개사랑 짜서 세입자를 들인 다음에 바지사장 몫을 빼고 나머지를 꿀꺽해요. 근데 이게 문제가 뭐냐면 폭탄 돌리기라는 거야. 얘네는 겉만 번지르하게 빌라를 다 지어놓고는 폐업하고 사라져. 그럼 세입자들은 일단 2년 계약으로 들어왔으니까 하자가 엄청난데도 울며 겨자 먹기로 참고 살죠. 그러다가 아파트나 청약으로 빠져서 전세금을 돌려달라고 해. 그런데 문제는 그사이에 빌라 매매가가 확 떨어지지. 애초에 뻥튀기로 올려놓은 거니까. 그 일이 터지면 꾼들은 싹 잠수를 타고 바지사장은 애초에 자기 주머니에서 나온 돈이 아니니 전세금을 줄 형편이 못 되는 거지. 집이라도 팔아줘야 하는데 매매가가 떨어졌는걸? 한 채 팔아서 보증금 돌려줄 때마다 마이너스인 거지. 그 짓을 그래도 초반에는 좀 해서 잠잠해지게 만드는데 다 해줄 수도 없고 또 자신도 생각해보면 생돈 뜯기는 것 같거든. 그러다 바지사장도 잠적하지. 세입자들은 고소해봤자 그 돈 제때 못 받고 잡혀봐야 이미 개털이니 소용없지."

건동은 이 이야기의 끝이 어떻게 나는지 알 것만 같아 머리를 쥐어뜯고 또 쥐어뜯었다. 결국 공인중개사사무소에 집을 내놓는 수밖에 없었다. 팔리지 않을 게 분명하지만. 하지만 그보다 이 차영수 차일수 형제를 찾는 게 먼저였다.

Chapter 28. 흔적 찾기

건동은 일단 마음을 단단히 먹기로 했다. 이 두 놈을 찾아서 묵사발을 내주고 일을 바로잡아야겠다고 생각했다.

'근데 이 두 놈을 어떻게 찾지?'

이미 한탕하고 튈 작정을 한 인간들을 찾기란 쉽지 않을 터였다. 여러 가지 생각이 머릿속을 스쳤다.

'전문가한테 맡겨버려? 어차피 내가 알아보는 건 한계가 있고 시간도 오래 걸릴 테니까…. 한시라도 빨리 해결해야 해.'

아무리 고민해 봐도 이 방법뿐이었다.

"저, 사람 좀 찾아주실 수 있나요?"

그렇게 건동은 심부름센터를 찾았다.

"무슨 일이신데요?"

"제가 돈을 좀 떼여서요. 그런데 이놈들이 작정하고 그런 것 같더라고요. 사무실 찾아가니까 이미 흔적도 없이 사라졌더라고요."

"흠…. 알고 계신 인적 사항 있으세요?"

"네. 제가 도움이 되실까 해서 챙겨온 게 있어요."

건동은 가방에서 주섬주섬 서류를 꺼내 내밀었다. 대리인 자격으로 작성한 전세 계약서였다.

"사진도 가지고 계셔요?"

"네, 보내드릴까요?"

술자리에서 기분 좋다고 진탕 마시고는 몇 장 찍어놓은 사진과 유튜브 계정 링크를 보내줬다. 이미 동영상은 비공개 처리되고 계정은 닫힌 상태였지만 프로필 사진은 그대로였다. 필시 도움이 될 게 분명했다.

"그럼 착수금으로 반 주시고 나머지는 소재가 파악되면 주시면 됩니다. 그런데 작정하고 사기 친 거면 국내에 없을 가능성이 커요."

"네? 해외로 갔다고요?"

"국내에 있으면 아무래도 땅덩이가 좁으니까 어떻게든 걸리게 되어있거든요. 눈에 띌 수밖에 없고 생활반응이 있어서 완벽하게 은폐할 수가 없어요."

"제가 시간이 별로 없는데…. 좀 급한데…. 암튼 빨리 좀 알아봐 주세요. 소재만 파악되면 더블로 드릴 테니까 꼭 좀 잘 찾아봐 주세요."

"네 알겠습니다. 걱정하지 마시고요. 저희가 연락드릴 테니까 그때까지 너무 맘 졸이지 마시고 기다리세요."

건동은 사무실을 나오며 뒤돌아 간판을 한 번 더 쳐다봤다.

'떼인 돈도 도망간 사람도 반드시 끝까지 찾아드립니다.'

믿어봄직하다고 고개를 끄덕였다.

"저 폰 하나 개통하려고 하는데요."

"아이고, 젊은 사장님한테 딱 어울리는 제품이 마침 나왔는데 게임도 빵빵하게 잘 돌아가고 또 위에 메모도 하고 그러기 딱 이예요. 매일매일 혜택가가 다른데 마침 오늘이 특가 날이라서 진짜 저렴하게 해가실 수 있어요."

"그걸로 주세요."

"아이고 바로 하시는 거예요? 인터넷으로 다 알아보고 오셨구나!"

"지금 바로 개통되죠?"

건동은 그렇게 또 다른 번호로 휴대폰을 하나 더 개통한 후 문자를 하나 남겼다.

'엄마, 앞으로 이 번호로 연락해 줘.'

채팅방의 알람으로 조용할 날이 없는 휴대폰은 꺼버렸다. 당분간은 필요할 때만 켜서 확인하고 새 폰을 사용할 생각이었다. 심부름센터에도 문자를 보내 바뀐 번호를 알려줬다.

'이 새끼들 진짜 잡히면 뒤졌어.'

닷새 뒤, 심부름센터에서 연락이 왔다.

"저 이놈들 해외로 튀었네요."

"해외요? 해외 어디로요?"

"그건 사무실로 오셔서 이야기 들으시죠."

건동은 허겁지겁 심부름센터로 달려갔다. 들은 이야기로는 그 두 형제가 중국에 있단다. 그중에서도 한국인들이 많이 거주한다는 천진으로 간 것 같다고. 하지만 정확한 거주지까지는 파악할 수 없다고 했다. 더 듣고 있을 필요도 없었다. 지금 당장 두 놈을 잡아 그 자리에서 족을 치든지 한국에 데리고 와야 했다.

"사장님, 저희 더는 못 참습니다."

"우리 단체로 고소장 접수하려고요. 아셔야 할 것 같아서요. 28일까지 처리해주지 않으시면 바로 경찰서 가겠습니다."

"변호사 선임했고요. 임차권등기도 설정했습니다. 빨리 처리해주세요. 가만히 안 있습니다."

그에게 정말 남은 시간이 별로 없었다. 성난 세입자들이 기다림에 지쳐 움직이고 있었다. 건동은 일단 한두 건씩 처리해주면서 시간을 끌기로 했다. 우두머리 격으로 나서는 이에게 전화를 걸었다.

"저도 지금 사정이 좋질 않아요. 근데 어떻게든 진영님 돈은 마련할 수 있을 거 같아요."

"다른 분들은요?"

"다른 분들도 다 해드려야죠. 그런데 시간이 걸리니까 우선 진영님이라도 먼저 해드리려고 하는데…."

"정말요?"

"대신 일단 좀 기다려 달라고 진정 좀 시켜주세요. 제가 돈 떼먹고 도망가고 그럴 사람 아니에요. 그럴 것 같았으면 뭐 하러 찾아가서 인사를 하고 그럽니까. 저도 지금 막다른 골목이에요. 집도 내놓고 차도 팔아서 드려야 한다고요."

"…네 알겠습니다. 그럼 진짜 마지막으로 한번 믿어보겠습니다."

그날 건동은 남은 잔액을 탈탈 털어 전세금을 입금해주고 바로 천진행 항공권을 끊었다.

"要坐出租车吗?" (택시 타실래요?)

건동은 택시를 가리키는 손짓으로 알아듣고는 기사를 따라 나섰다. 그러고는 프린트해놓은 종이를 보여줬다. 미리 알아놓은 호텔이었다.

"郝德." (가죠.)

택시는 돌고 돌아 한 시간 반 만에 목적지에 그를 내려줬다. 미터기에 나온 금액을 그대로 지급하고 건동은 내려 호텔 안으로 들어섰다.

"欢迎." (어서 오세요.)

안내하는 아가씨가 인사를 건네고 벨 보이가 문을 열어줬다. 로비에 들어서니 곳곳에서 한국말이 들려오기 시작했다.

"니하오."

"저 한국 사람인데요. 한궈런. 한궈런."

고등학교 때 제2외국어로 배운 중국어를 이렇게 요긴하게 써먹을 줄이야. 한국인이라는 말을 연거푸 내뱉자 알아들은 눈치다. 인터폰으로 누군가를 호출했다. 그러자 긴 머리를 허리까지 내려뜨리고 빨간색 유니폼을 입은 직원이 건동 앞에 섰다.

"예약하셨나요?"

"아 네. 일주일 예약했어요."

"성함이 어떻게 되시죠?"

"김건동이요."

"여권이랑 신용카드 주시겠어요?"

조선족으로 추정되는 여자는 이내 그에게 카드키를 건네줬다.

"좋은 시간 되세요."

그 말에 대꾸할 새도 없이 그는 이미 건네받은 카드키를 들고 엘리베이터로 향하고 있었다.

"하아…. 이놈들이 여기 어딘가에 있단 말이지? 뭐 지네가 가봐야 어딜 가겠어. 코리아타운 어딘가에 있겠지."

텔레비전을 켰다. 신기하게도 한국방송이 나오고 있었다. KBS1 채널이 잡히는 모양이었다.

"요즘 전세가와 매매가가 거의 차이가 없어 갭투자가 기승을 부리고 있습니다. 이에 따른 부작용도 만만치 않은데요. 자기 돈 한 푼 없이 전세금을 받아 집을 샀다가 세입자에게 전세금을 반환하지 못하는 사례도 속출하고 있다고 합니다. 이대길 기자가 취재했습니다."

건동은 너무 놀라 텔레비전을 꺼버렸다.

'이 새끼들 빨리 잡아야 해.'

다음 날 아침부터 곧장 한국에서 온 형제를 찾기 위해 코리아타운을 돌고 또 돌았다.

"저 혹시 이렇게 생긴 사람 본 적 있으세요?"

"아뇨…. 잘 모르겠는데요."

"혹시라도 이렇게 생긴 분 보시면 연락해 주시겠어요?"

"아…. 네."

건동은 크게 프린트한 두 형제의 사진을 들고 다니며 명함을 건넸다. 사흘쯤 지났을까? 건동에게 한 통의 전화가 걸려왔다.

"그때 보여주신 분들이랑 비슷한 남자 둘이 왔어요."

그 말에 건동은 허겁지겁 달려갔다.

"저기요…. 헉헉…. 어디에…."

거친 숨을 내뱉으며 건동은 홀 안을 둘러봤다. 벽 쪽 4인용 테이블에 앉은 일행 하나가 눈에 들어왔다. 건동 쪽을 보고 앉은 두 사람은 중국인인 것 같았는데 뒤돌아 앉은 두 사람은 한국인일지도 모른다는 생각에 발길을 옮겼다. 다가가 어깨를 두드리자 고개를 돌리는 한 남자. 그 얼굴을 보자마자 실망해 건동은 털썩 주저앉을 뻔했다. 하나도 닮지 않았다. 아니다. 가느다란 얼굴선이 비슷하기는 했으나 눈코입이 완전 달랐다. 건동은 허탕을 쳤다는 생각에 씩씩대며 숙소로 돌아왔다.

'쉽지 않겠어….'

그 생각에 잠도 오질 않았다. 괴로워 심장이 조여 오는 느낌이었다. 도수가 50도에 가까운 고량주를 한 병 까서 연거푸 들이마셨다. 술을 마실 때마다 목구멍부터 배까지 뜨거운 불덩어리가 흘러 내려가는 것만 같았다. 나중에는 식도가 활활 타는 고통까지 전해져왔다. 하지만 멈출 수가 없었다. 결국, 과음한 건동은 그 상태로 침대에 널브러져 잠이 들었다.

Chapter 29. 좁혀오는 사위

'진짜 마지막으로 한 번만 더.'

이제 건동이 한국을 떠나 중국 천진에 잠복하며 사기술사들을 쫓은 지도 벌써 3주라는 시간이 흘렀다. 코리아타운 안에서 그들을 찾기란 어렵지 않을 거로 생각했지만 연락받아 허탕을 친 한 번을 제외하고는 사기꾼 형제를 봤다는 연락 한 번 오질 않았다. 세입자들에게 급한 일 보고 돌아와 정리해준다고 약속했다. 그들의 인내심이 슬슬 바닥이 났을 터였다. 게다가 전화기도 꺼둔 상태라 잠적했다고 생각할 게 뻔했다. 반은 맞고 반은 틀린 이야기이기는 하지만 말이다.

'이 새끼들이 꾼이라면, 한두 번 해본 게 아니라면 여기서 찾을 수 없을지도 몰라.'

건동은 자신에게 이틀이라는 시간을 줬다. 그 안에도 행방을 알아낼 수 없다면 일단 귀국하기로 했다.

“혹시 이런 사람들 못 보셨어요?”

오늘도 그는 코리아타운의 식당가와 안마방을 돌고 돌았다. 그렇게 명함을 돌리고 있을 무렵 전화 한 통화가 걸려왔다.

“저…. 아까 그 사람들을 아신다는 분이 있어요. 만나자고 하시는데 주소 알려드려요?”

“네!”

‘이 새끼들이 그럼 그렇지. 아무리 중국 땅덩어리가 넓다지만 한국 사람 레이더망에서 못 벗어나지.’

그는 문자로 온 주소를 확인하고 택시를 잡아탔다. 목적지에 도착한 시간은 밤 9시쯤. 주위가 으슥해 어떤 동네인지 파악조차 되질 않았다. 코리아타운에서 30분 넘게 택시를 타고 달려온 곳은 낯선 곳이었다.

‘어디 있다는 거야.’

그의 눈앞에 보이는 건 5층짜리 저층 아파트 건물이었다. 닭장처럼 집이 다닥다닥 붙어있고 외관 페인트는 이미 벗겨져 흉물스러운 콘크리트 벽이 다 노출이 되었다. 주위에는 쓰레기더미 근처를 헤매는 고양이 때로 분위기가 을씨년스러웠다.

'뭐지….'

그때였다. 뒤에서 인기척이 느껴져 돌아보자 남자 다섯이 제각각 야구 배트와 쇠 파이프 그리고 골프채를 들고 있었다.

"네가 그 코리아타운 들쑤시고 다닌다는 놈이야?"

건동은 이에 어떻게 답해야 할지 몰라 그대로 얼어붙어 버렸다.

"네가 그 새끼 맞냐고? 건동인가 뭔가 하는 새끼?"

건동은 이 상황을 모면할 방법을 찾기 위해 머리를 굴릴 뿐이었다.

"대답 안 해? 퍽!"

그때였다. 옆에 있던 중국인 남자가 골프채로 그의 허벅지를 세게 내려쳤다.

"악!"

외마디 비명과 함께 건동은 그 자리에 주저앉아 버렸다. 그사이에 남자 둘이 그의 몸을 뒤져서 지갑과 휴대폰을 꺼내 뒤지기 시작했다. 그렇게 찾은 명함 하나를 한국 남자에게 건네자 그가 훑어보더니 건동의 앞에 쪼그려 앉았다.

"맞네. 근데 왜 대답을 안 해?"

물음이 그의 따귀를 사정없이 내려치는 듯했다. 건동은 자신도 모르게 손을 들어서 막으려는 자세를 취했다.

“야야야. 너 좋은 말로 할 때 들쑤시고 다니는 거 그만하고 조용히 꺼져라. 그편이 이로울 거야.”

건동은 재빠르게 고개를 몇 번이고 끄덕였다. 하지만 그걸로 끝이 아니었다. 한국 남자의 양옆에 서 있던 키가 작고 마른 남자 둘이 그의 허리와 다리에 발길질을 퍼부었다. 다른 두 명은 망을 보는 듯했다. 건동은 그저 몸을 동그랗게 말아 맞는 부위를 줄이고 몸을 보호하려 안간힘을 썼다.

“아아악. 아악.”

한국 남자는 그 모습을 가만히 지켜보다가 멈추라는 시늉을 했다.

“이 정도면 알아들었겠지? 짐 싸서 한국으로 당장 돌아가라. 널 보는 눈이 많아. 쫙 깔렸어. 만약 눈에 띈다 싶으면 너는 그날로 산송장 될 줄 알아. 어?”

건동은 몸을 부둥켜안은 채로 고개를 박고 위아래로 끄덕였다. 온몸에 통증이 느껴져 꿈쩍도 할 수 없었다. 영화 속 이런 상황에서는 살려달라고 마구 소리치는 장면이 자주 나오지만, 현실에서는 그 비명을 속으로 삼킬 뿐이었다. 건동은 몸을 덜덜 떨었다. 그들은 명함을 챙기고 지갑과 휴대폰을 그의 옆에 던져버리고는 가버렸다. 한국 남자의 곁에서 망을 보던 두 녀석은 가면서도 틈틈이 뒤를 돌아보며 건동을 확인했다. 공안이 온다 한들 설명할 길도 없고 공안을 부를 수도 없었다. 건동은 그대로 한참을 누워있다가 어둠을 어찌어찌 헤치고 큰길가로 나와 택시를 타고 숙소로 돌아왔다.

"아…. 아…."

치료 약이 있을 리가 없다. 편의점에 가 아프다는 시늉을 했더니 연고와 붕대를 하나 내어줬다. 돈을 내려고 하자 사양하는 시늉을 했다. 아마도 챙겨놓은 걸 주었나 보다. 호텔 방으로 돌아와 멍이 든 부위에 약을 넓게 펴 바르고 찢어져 살이 벌어진 부분에는 붕대를 감아두었다. 아마추어는 아닌지 얼굴은 거의 건드리지 않았다. 그저 뺨에 좀 쓸린 상처가 있을 뿐이라 겉으로 보기에는 알 수가 없었다. 욱신거리는 몸을 침대 위에 누였다.

'이대로 가야 하는 건가?'

아픈 와중에도 그에 대한 답을 찾으려 생각하고 또 했다. 뾰족한 수가 없었다. 차영수 차일수. 그 두 놈은 빼돌린 돈으로 쉽게 사람을 살 수 있을 거였다. 이번 한 번뿐일 리 없다. 더 행방을 캐고 다녔다가는 어디선가 비명횡사할 수도 있겠다는 생각이 들었다. 그 상태로 가만히 있다가 텔레비전을 켰다. 매달릴 곳은 한국방송뿐이었다.

"갭투자로 인해 전세금을 돌려받지 못하는 피해사례가 속출하고 있다고 이미 취재내용을 보도해드린 바 있습니다. 그런데 이백 명이 넘는 전세 피해자의 집 명의가 한 사람으로 되어있다는 사실이 밝혀져 논란이 되고 있습니다. 자세한 내용은 이대길 기자가 전달해드리겠습니다."

"실제 매매가와 전세가가 거의 차이 나지 않는 부동산 시장 때문에 수많은 세입자가 전세금을 받지 못하고 피해를 보고 있다는 사실을 이미 한차례 보도해드렸는데요. 그런데 이 많은 집이 한 사람의 명의로 등록되어 있다는 사실이 추가로 밝혀졌습니다. 무려 이백 채가 넘는 집을 보유한 집주인은 누구인지 저희가 취재해봤습니다."

"(음성변조) 계약할 때 집주인 분이 아니라 다른 분이 대신 나오셨어요. 그런데 전세금을 돌려받으려고 하니까 대리인도 연락을 안 받고 집주인 분한테 연락하니까 집 뺀다는 이야기를 못 들었다고 깜짝 놀라시더라고요. 좀만 기다려라 기다려라 하시길래 기다렸죠. 그런데 알고 보니 저희 윗집도 뒷집도 아랫집도 다 그분 명의였던 거예요. 그래서 제가 전단을 붙이고 인터넷에 글 올려서 수소문했더니 글쎄 172분이 모이신 거예요. 여기 채팅창 한번 봐보세요. 근데 이게 다가 아니라니까요."

"탈법이나 불법적인 문제가 없는지 조사가 착수될 예정이라고 합니다. 전세금을 돌려받지 못한 세입자들은 현재 공동 변호사를 선임해 고소·고발을 준비 중이라고 하고…."

건동은 텔레비전을 얼른 끄고는 리모컨을 바닥에 내동댕이쳐버렸다. 이제 꼼짝없이 돌아가 뒷감당해야 했다. 그건 오로지 그의 몫이었다.

한국에 도착하자마자 그가 제일 먼저 한 건 현금서비스를 받는 거였다. 통장에 있는 잔액을 모두 긁어모으고 카드란 카드에서 돈을 다 찾았다. 그리고 꺼놨던 휴대폰을 켜서 채팅창에 메시지를 남겼다.

“저 급한 일을 보고 오느라 잠시 연락을 못 드렸습니다. 한 분씩 차근차근 해결해드리겠습니다.”

그 말만 쓰고는 돌아올 대답이 두려워 휴대폰을 도로 꺼버렸다. 그는 일단 집으로 가기로 했다. 가지고 있는 걸 전부 현금화할 생각이었다. 평소 그의 옷 스타일과는 정반대되는 검은색 후드점퍼를 입고 야구 모자를 한껏 눌러썼다. 몸을 한껏 수그리고 아파트 공동현관을 향해 걸어가는데 한쪽에서 자꾸만 공동현관 쪽을 기웃거리는 서너 명의 남녀가 눈에 띄었다.

‘설마.’

그때였다. 그중 한 명이 고개를 갸우뚱하며 건동을 향해 걸어오며 말을 걸었다.

“저기요.”

순간 그는 냅다 달리기 시작했다. 건동의 뒤를 서넛이 '저기요'라고 부르며 따라붙었다. 하지만 건동은 여전히 고개를 푹 숙인 채로 전속력으로 달려 그들을 따돌렸다.

그날, 그는 다시는 돌아가고 싶지 않았던 고시원에 몸을 숨겼다. 일주일을 머무른다고 하고는 현금으로 지급하고 빈 방의 키를 받았다. 다시 원점으로 돌아온 것만 같았다. 그는 소주를 사다가 방에서 병째 비우고는 잠이 들었다.

'이제 어떡하지? 내가 뭘 잘못했다고…. 이거 그놈들 짓이라는 걸 알려야 해. 근데 그 새끼들은 한국 떴잖아. 내 말을 믿어줄까? 믿어준다고 해도 증거가 없잖아.'

비관적인 생각이 그를 사로잡았다.

'부모님께 부탁해볼까? 아냐…. 아니지…. 어떡하지.'

그는 거기까지 생각이 미치자 다시 한번 소주를 벌컥벌컥 들이켤 수밖에 없었다. 창도 없는 내측방 어둠 속에서 그는 그 자신을 갉아먹고 또 갉아먹었다. 감정이 널을 뛰기 시작했다. 바보 같다는 생각에 책망하다가 당했다는 생각에 억울함이 고개를 들고 세입자들에 대한 원망이 차올랐다. 결국은 분노가 그를 지배해버렸다.

'내가 뭘 잘못했어? 쌔빠져라 공부하고 시험 준비하며 십 년을 보내고 회사 다니면서 좀 제대로 살아보려고 한 건데 내가 뭘 잘못했어? 내가 나쁜 놈이야? 나한테 운전 심부름이나 시키고 갑질한 놈과 성공하겠다는 사람 뒤통수친 사기꾼 새끼들이 나쁜 거지. 난 안 나빠. 세상이 나빠. 세상이 아주 좆같애.'

Chapter 30. 강남에 집을 샀어

'내가 뭘 잘못했어. 난 떳떳해. 어차피 그거 다 내 집이야. 내 집인데 뭐 어쩌라고.'

일주일 만에 시커먼 굴속에서 빠져나온 건동은 지하철을 탔다. 그의 빌라로 가볼 참이었다.

"흠흠."

"저기요. 저기. 아저씨~."

"저기요? 저기요. 여기요."

누군가가 건동이 기댄 팔걸이를 툭툭 쳤다.

"네?"

건동은 쓰고 있던 헤드폰을 벗고 빤히 여자를 쳐다봤다.

'뭐야?'

"저기 모르세요? 여기요."

여자가 가리킨 곳으로 시선을 돌리니 안내문 하나가 붙어 있었다.

'이 자리는 티가 나지 않는 초기 임산부를 위한 좌석이니 비워두시기를 바랍니다.'

"그래서 뭐요?"

여자는 코웃음을 치며 옆에 있던 남자의 옆구리를 쿡쿡 찌르며 거들어달라는 시늉을 했다.

"저 죄송한데 여기 임산부 자리예요."

"그게 뭐요? 어쩌라고요?"

"안보이세요?"

그제야 여자가 핑크 배지를 손가락을 가리켜 보였다.

"양보해주셔야 할 것 같은데요. 와이프가 임신 초기라서요."

"뭐래."

건동은 다시 헤드폰을 썼다. 가뜩이나 기분이 좋지 않은데 자신을 건드는 존재가 하나 더 생긴 것 같아 짜증이 났다.

얼굴이 새빨개진 여자는 남편의 팔짱을 낚아채고 발걸음을 옮기려 하지만 남편은 이를 뿌리치고 거칠게 건동의 헤드폰을 벗겼다.

"저기요. 개! 념! 좀 차리세요."

"아, 이 새끼."

건동은 그 자리에서 일어나 여자의 남편을 봤다. 점퍼의 깃이 한쪽은 안으로 말려 들어가 있고 바지에 무릎은 튀어나와 볼썽사나웠다.

'이 거지 같은 것들은 뭐야.'

"아니, 멀쩡한 허우대 가지고 임산부 좌석에 앉아서 그럼 되냐고? 알아듣게 말을 했으면 비키든지 해야지."

"야 이 새끼야. 내가 알 게 뭐야. 엉?"

건동은 목소리를 높여 여유 있고 당당한 자세로 여자의 남편 얼굴을 똑바로 바라보며 말을 이어갔다.

"내 참. 별."

"가자 자기야. 내버려 둬. 가자."

"놔둬 봐. 이거 상식이 없는 놈이구먼."

그 말에 건동은 참고 있던 분노가 폭발했다.

"나 참. 아 이 새끼. 애새끼 하나 뱄다고 유세 떠네. 야 이 새끼야. 내가 누군지 알아? 누군지 아냐고!"

객차 안의 사람들이 일제히 숨을 죽였다.

"내가 강남에 집을 샀다고. 내가! 내가 강남에 집을 산 사람이라고. 알아? 아냐고?"

건동은 소리를 고래고래 질러가며 자신에게 들이 밀은 남자의 배를 손가락으로 찔렀다.

“여보 빨리 가자. 말이 안 통하는 사람이잖아.”

간청하듯 여자는 남편의 소매를 점점 더 세게 잡아끌었다.

“아니, 뭐 이런 몰상식한 인간이 있어. 이걸 그냥 놔두면 되냐고…. 나 참….”

그렇게 못 이기는 척 끌려가는 여자의 남편 뒤로 건동은 멈추지 않고 계속해서 소리쳤다.

“아이고, 강남에 집 한 채도 없는 것들이 애새끼를 키우긴 뭘 키운다고! 미친것들. 으이고. 내가 강남에 집을 샀다고. 김건동 내가 강남에 집을 샀다고. 알긴 알아?”

고래고래 악을 썼다. 그제야 마음이 좀 풀리는 것 같았다. 그러고는 목적지에 도착해 태연하게 내렸다.

빌라 단지 주변은 어수선했다. 전신주 여기저기 전세 사기 피해를 호소하며 연대하자는 전단이 붙어있었다. 건동은 그걸 가만히 보다가 밑에 나풀거리는 번호를 다 떼어 주머니에 넣었다.

‘사기? 무슨 사기? 내 집인데?’

건동은 사고회로가 뚝 하고 끊기는 것만 같았다. 그의 집을 점유하고 있는 자들이 불법 침입자들이며 자신이야말로 정당하게 얻은 집을 내주고 이리저리 쫓기는 신세라는 생각이 들었다.

'내가 못 가지면 너희들도 못 가지는 거야.'

하지만 빌라 입구까지는 가질 못했다. 멀리서도 보이는 커다란 대자보. 그 앞까지 갔다가는 눈에 불을 켠 세입자 악마놈을 만날 게 뻔했다. 건동은 돌아서면서 다리를 덜덜 떨었다. 분노가 몸에 이글이글 타오르는 것 같았다. 동시에 이도 같이 딱딱거렸다.

'이대로 이렇게 당할 수만은 없어. 내가 가진 걸 이놈들이 다 빼앗으려고 해. 내가 어렵게 힘들게 얻은 걸 이 새끼들이 강탈하려고 한다고. 가만히 있으면 안 돼. 내꺼야. 내꺼.'

한참을 그렇게 서성이다가 발길을 돌렸다. 멈췄다 가고 가다가 멈췄다. 그러면서 내키지 않는다는 듯 동네와 멀어졌다.

그날 밤, 잠자리에 든 건동은 끔찍한 악몽에 시달렸다. 수많은 사람이 와서 그의 몸을 양쪽으로 찢고 또 찢었다. 밤사이 그는 몇백 번이고 죽었다가 또 살아났다가 죽었다. 그 와중에도 그들의 얼굴이 또렷이 기억났다. 엄 씨, 차 형제, 원장, 세입자들이 그들이었다. 건동은 온몸에 식은땀을 흘리며 잠에서 겨우 깨어났다.

'뭐야…. 뭐야….'

그와 함께 오한이 밀려왔다. 땀이 식으면서 몸이 차가워지고 온몸이 부들부들 떨려왔다. 건동은 다시 잠 속으로 도망치고 싶었지만 용기가 나지 않았다. 그래서 일어나 고시원 공용 냉장고에 있던 소주 댓 병을 다 쓸어왔다. 그가 사다 놓은 건 아니지만 그가 알 바가 아니었다. 잔도 없이 꿀꺽꿀꺽 들이붓듯 삼켰다. 뱃속에 누군가 불을 지펴주는 것 같았다. 뜨거운 불길이 온몸으로 번져나가자 다시 잠들 용기가 생겼다.

건동은 그렇게 5일 밤낮을 술만 마시고 잠만 잤다. 그러자 결심이 섰다. 아주 또렷하고 바르게 선 마음. 오랜만에 그는 챙겨놓은 옷을 단정히 입었다. 니트에 재킷을 걸치고 그가 좋아하는 코듀로이 바지를 입은 뒤 아끼는 윙팁 구두를 신었다. 머리도 단정하게 왁스를 발라 매만졌다. 그리고 그가 가지고 있던 소지품들을 까만 비닐봉지에 담았다. 도망치듯 몸만 빠져나와 챙길 건 없었다. 그 방에 놓아둔 자질구레한 것들부터 시작해서 자기 손이 닿았던 물건은 한데 모았다. 마치 아무도 존재하지 않았던 것처럼 방을 치웠다. 그리고 그걸 가지고 나가 폐기물 봉투를 사 꽉 묶어 던져놓았다.

버닝

Chapter 31. 버닝 하우스

끄억하고 건동은 트림을 한 뒤 손을 가져가 냄새를 맡아보았다. 얼큰한 취기의 냄새가, 알딸딸한 알코올의 냄새가 진동했다. 맥주 세 병에 소주 한 병. 고량주 서너 잔에 녹다운이 되는 그의 주량에 비해 오늘 많이 마시기는 했다. 아니 종류를 넘나들며 몽땅 들이부었다. 그가 먼저 들른 곳은 외국인들이 많이 모이기로 유명한 펍이었다. 푸스볼을 하거나 다트를 던지며 한잔하는 곳. 그러다가 술판이 본격적으로 벌어지면 아는 사람 모르는 사람 할 것 없이 모두 덤벼든다. 맥주를 가득 채운 잔을 테이블 반대쪽 끄트머리에 놓고 거기에 탁구공을 던진다. 명중하면 그 술은 바로 본인의 것. 누구는 바닥에 떨어졌던 공을 다시 던져 넣었는데 더럽지 않냐고도 하지만 그건 중요하지 않다. 그런 걸 따지는 사이에 이미 취했을 테니까.

"퐁. 퐁. 퐁."

건동은 탁구공 세 개를 손에 쥐고 있다가 연달아 던져 명중시키는 기염을 토했다.

"오마이갓! 바틈 업! 바틈 업!"

흥분한 원어민들이 원샷 대신에 모두 비우라는 바틈 업을 외친다. 그렇게 건동은 마시고 또 마셨다. 어느 순간 세는 걸 잊어버릴 정도로. 그렇게 분위기가 무르익자 누군가 샹그리아를 내왔다. 건동은 그 술도 빈 잔에 따라 홀짝거렸다.

"이건 술이 아니네?"

달달한 에이드 맛에 약간의 알코올 냄새가 날 뿐이었다. 이건 술이 아니라 음료수다. 건동은 그렇게 생각하며 연거푸 들이켰다. 그러자 누군가 와인 몇 병을 테이블 위에 쭉 깔았다. 공짜니 마음껏 먹으란다. 그 말에 건동은 샹그리아를 따라 먹던 잔에 와인을 담아 들이켰다. 단짠단짠의 궁합이라고 생각하며 그곳에 남은 와인들마저 처리했다. 그렇게 발길을 돌리려는데 누군가 그에게 크랜베리 보드카를 건넸다. 2천 원이라며 건네는데 새끼손가락 정도의 크기밖에 되지 않는다. 입에 털어 넣으며 푸스볼을 쳤다. 이내 그의 자리에는 보드카 잔이 즐비했다. 그런 채로 그가 술집을 빠져나온 게 이슥한 새벽이었다. 아니 정확히는 이슥한 밤에서 푸르스름한 새벽으로 넘어가는 시간.

"네. 거의 다 왔는데 사장님 어디 계시죠?"

건너편 차도에서 전화 통화를 하는 남자의 목소리가 겹쳐 들려왔다. 건동은 손을 흔들었다. 고개를 푹 숙인 채로 차 열쇠를 건네고 조수석에 앉았다.

"사장님 그럼 이제 목적지로 모실게요. 주소 좀 알려주시겠어요?"

대리기사가 내민 스마트폰에 주소를 찍어줬다. 차는 이내 출발했다.

"근데 좀 천천히 가주세요. 막 이렇게 흔들지 말고요."

"네에 사장님. 알겠습니다."

건동은 한 손으로 조수석 위에 있는 손잡이를 꽉 잡았다.

"수고하셨습니다."

건동은 꼬부라진 혀를 있는 힘껏 펴 제대로 된 인사를 건넸다. 그리고 그대로 차 옆에 쪼그려 앉아 담배를 피웠다. 술은 담배를 부르고 담배는 술을 부르고 돈은 화를 부르고 화는 더 큰 화를 부를 뿐이었다. 담뱃재를 털고 끄트머리를 몇 번이고 비비고 나서야 그는 일어설 결심이 섰다. 트렁크를 열고 양손에 통을 든 채로 빌라 입구의 비밀번호를 자연스럽게 누르고 205호 앞에 섰다. 사실 그 건물 안의 어느 집 앞에 서도 이상할 것이 없었다. 명의는 그의 것이었으니까. 비밀번호를 누르고 안으로 들어섰다. 휑한 집 안이 한눈에 들어왔다. 장판은 이리저리 쓸려 까만 줄이 가 있었고 텅 빈 자리에는 까만 때가 선명했다. 싱크대에는 피다 만 꽁초와 분명 이삿짐센터 직원이 마셨을 법한 생수병과 음료수 캔이 늘어서 있다. 건동은 그걸 유심히 보다 다가서서 안에 든 내용물을 모두 개수대에 쏟아 버리고는 물을 틀었다.

"솨아아아아아."

그 모습을 가만히 지켜보다가 담배를 다시 꺼내 물고 불을 붙였다. 발코니로 가서 창을 열었다. 건물 사이로 하늘이 빼꼼히 보였다. 다행이라는 생각이 들었다. 앞 건물이 완전히 가린 건 아니라는 생각을 했다. 완벽하게 시야를 가렸으면 가격이 많이 내려갔을 거다.

'일조권 침해는 안 되지 그럼.'

그는 끝까지 타들어 가는 담배를 몇 번이고 빨다가 결심한 듯이 현관 앞에 두었던 통을 가져와 내용물을 집 안 곳곳에 뿌리기 시작했다.

"철벅 철벅."

그가 내딛는 발자국마다 물소리 같은 게 들려왔다. 건동은 그걸 보며 웃었다.

"내 집이 아니었으면 이럴 수나 있었겠어?"

발코니로 다시 가 창문을 끝까지 활짝 열었다. 담배를 든 한 손을 떨군 채로. 불씨가 바닥으로 옮겨갔다. 그는 푸르스름한 새벽하늘을 보며 웃었다. 이제 그가 만든 석양을 볼 차례였다. 세상 사람들이. 그리고 똑똑히 깨닫게 될 거다. 이 집은 건동의 것이라는 걸. 그가 강남에 집을 샀다는 사실을 모든 사람이 오랫동안 잊지 못할 거라는 걸. 그리고 뒤돌아 현관 쪽을 바라보며 나직하게 말했다.

"나는 강남에 집을 샀어."

추천사

작가의 말

추천사 1

전건우 소설가, 호러 장르 전문

평범했던 한 남자가 '하우스 빌런'이 되어가는 과정을 적나라하게 보여주는 이 작품은 '부동산 미스터리'라는 초유의 장르를 만들어 내는 것은 물론, 인간의 끓어오르는 욕망을 '강남'과 '집'이라는 명쾌한 이미지로 보여준다. 그만큼 이야기 역시 선명하고 시종일관 아슬아슬하다. 주인공 건동이 욕망이라는 이름의 줄타기를 하는 모습을 지켜보다 보면 재미와 동시에 아찔함을 느끼게 된다.

<강남에 집을 샀어>는 폭발하는 이야기 속에서도 절대 길을 잃지 않고 뚝심 있게 밀고 나간다. 하나의 메시지를 던지기 위해. “과연, 성공이란 무엇인가?” 이 질문에 대한 대답은 독자마다 달리 내리겠지만 이 사

실 하나만큼은 명확하다. 최하나 작가는 <강남에 집을 샀어>를 통해 자신이 타고난 이야기꾼임을 '성공적으로' 보여주었다는 것.

추천사 2

조경아 소설가, 세계문학상 수상

잠시 고민했다. 집을 사기 위해 어떤 수고로움도 마다하지 않는 사람들에게 이 책을 권해야 할지 말아야 할지. 그런데도 나는 그들에게 이 책을 권하고 싶다. 내가 살고 있는 집이 내 신분이 되어 버린 요즘, 우리가 무엇을 경계하고 무엇을 선택해야 하는지 뜨끔하고 선명하게 보여주고 있기 때문이다.

추천사 3

조영주 소설가, 세계문학상 수상

한 방으로 인생 역전을 꿈꾸는 당신께 강력하게 추천하는 책 “강남에 집을 샀어”

누구나 인생 역전, 대박 성공을 꿈꿉니다. 하지만 성공이 그리 쉬울 리 없습니다. 인생 역전이라는 달콤한 유혹엔 함정이 딸려 있기 마련입니다.

이 소설 속 주인공 건동도 그랬습니다. 끊임없는 실패는 건동을 움츠러들게 만듭니다. 그럴수록 건동은 인생 역전의 수를 찾습니다. 이런 건동에게 보인 가장 그럴듯해 보이는 성공전략은 부동산 갭투자였습니다.

건동은 쉽고 빠르게 성공하길 바랍니다. 자신은 남들

과 다르게 단번에 성공할 거란 자신도 있습니다. 그 탓에 건동은 호구가 됩니다. 자신이 대단하다, 난 남들과 다르다는 생각만큼 속이기 쉬운 상대도 없는 법이거든요.

호구가 된 건동은 더욱 아등바등합니다. 자신을 호구로 대하는 인간들에게 앙갚음해주겠다는 마음으로 이를 바득바득 갈며 더 큰 성공과 인생 역전을 노립니다. 그 결과, 건동은 자신의 꿈인 '강남에 집 장만'을 해내고야 맙니다. 그렇게 고생이 끝나고 행복이 시작되는 것처럼 보였으나, 뭔가 자꾸 이상하게 상황이 꼬여갑니다.

처음 제목만 봤을 땐 강남에서 부동산을 사서 성공하는 이야긴 줄 알았습니다. 그런데 책을 모두 읽고 나니 제목이 전혀 다르게 읽힙니다. "강남에 집을 샀어"가 "강남에 집을 사는 게 아니었어"라는 울부짖음으로 말이에요.

지금, 이 순간, 한 방으로 인생 역전을 꿈꾸는 당신에게 강력하게 권하고 싶은 타산지석 같은 책입니다.

작가의 말

꽤 오래 소설을 봐왔다고 자부하지만 정말로 제가 작가가 되어 장편을 완성하고 작가의 말이라는 걸 쓰게 될 줄은 몰랐습니다. 에세이 단행본 작업까지 치자면 총 6권의 책을 썼는데도 가슴이 뛥니다. 어떤 말을 써야 할까 오래 고민하며 후기 적기를 차일피일 미뤘는데요. 그냥 이 소설을 왜 쓰게 되었는지를 솔직하게 말씀드리는 게 맞겠다는 생각이 들었습니다.

몇 년 전, 집과 관련한 글을 쓸 기회가 있었습니다. 외국에 있을 때 렌트를 찾아 2년 가까운 시간을 헤맸던 저는 관련 학과를 졸업하거나 업계에서 일한 적은 없지만, 집과 관련된 할 말은 많았습니다. 그러나 곰곰이 생각해보니 제가 집에 대해 이러쿵저러쿵 떠드는 게 혹여나 전문성이 부족해 보이거나 부족한 점이 많을 수 있겠다는 생각이 들었습니다. 집에 관한 이야기를 써야 하는 근거가 부족하다는 이유도 있었고 결국 저는 그 기회를 끝으로 집에 관한 이야기를 적을 생각을 내려놨었습니다.

하지만 그런데도 저는 집이라는 공간을 사랑하고 부동산 시장에 관심이 많았습니다. 그 후에도 여전히 작업실을 구하러 매물을 보러 다니고 결혼해 독립하며 구축 자가도 마련하게 되었습니다. 그러면서 봐왔던 집이나 들었던 부동산 이슈들이 머릿속에 맴돌기 시작했습니다.

한번은 작업실을 구하다 글 작업을 하는 제게는 원룸도 괜찮겠다 싶어 집 근처 공인중개사사무소를 찾았습니다. 그곳에서 제게 좋은 매물이 있다고 소개했는데, 가보니 좀 이상하다는 생각이 들었습니다. 한 층에 너무 많은 집이 있었고 중앙난방을 한다는 겁니다. 평수도 너무 작았습니다. 알고 보니 주택으로 허가받지 않은 상태로 취사 시설을 들여 쪼개기를 한 건축물이라는 걸 알았습니다.

또 한번은 지인을 우연히 만났는데 흥미롭게도 굉장히 들뜬 얼굴로 부동산 투자에 관한 이야기를 늘어놓았습니다. 레버리지를 많이 일으켜서 최대한 투자를 해야 한다고 말이죠.

직접 들은 대출금액은 지인의 연봉 대비 입이 떡 벌어지는 수준이었습니다. 헤어지고 난 뒤 예전 모습을 떠올리며 같은 사람이 맞는지 자꾸만 확인하게 되더라고요.

그런 일화들이 어느 날 하나의 이야기로 저를 찾아왔습니다. 그때부터 묵묵히 그걸 받아 적고 고친 끝에 『강남에 집을 샀어』를 완성할 수 있었지요.

이 소설을 통해 저는 누군가를 불편하게 만들고자 할 생각은 없었습니다. 투자가 나쁘다는 메시지를 전달하려고 한 것도 아니고요. 다만 한 개인을 잘못된 방향으로 나아가게 하는 데는 사회적 분위기와 주변 환경이 한몫한다고 생각했고 그 변화 과정을 담고자 했습니다.

이 이야기가 독자분들에게 어떻게 받아들여질지 벌써 기대되면서 두렵기도 하고 떨리기도 합니다. 원고를 좋게 봐주시고 한 권의 책으로 만들어 주신 몽실북스에 다시 한번 감사드립니다. 이 작품이 부디 끝이 아닌 시작이길 꾸준한 활동으로 찾아뵐 수 있기를 바라봅니다.

최하나

강남에 집을 샀어

1판 1쇄 인쇄 2022년 6월 28일
1판 1쇄 발행 2022년 7월 5일

지은이 · 최하나
발행인 · 주연지

편집인 · 석창진 **편집** · 박영심
디자인 · 김지영 **일러스트** · 백진연 이찬영
마케팅 · 허은정

펴낸곳 · 몽실북스 **출판등록** · 2015년 5월 20일(제2015 - 000025호)
주소 · 서울 관악구 난향7길52
전화 · 02-592-8969 **팩스** · 02-6008-8970
이메일 · mongsilbooks@naver.com
네이버 포스트 · post.naver.com/mongsilbooks_kr
인스타그램 · instagram.com/mongsilbooks

ISBN 979-11-89178-60-4 (03810)

•잘못된 책은 구입하신 서점에서 바꿔드립니다. •책값은 뒤표지에 있습니다.